陰キャだった俺の青春リベンジ
6
天使すぎる
あの娘《こ》と歩む
Re ライフ
慶野由志
ill たん旦

「私にとって本当にありがたかったのは、
心一郎君がしてくれたことの『結果』じゃなくて……
心一郎君の存在そのものです。
貴方がいてくれるようになってから、
毎日の景色がどんどん輝いていったから」
そして春華は、
頭上に輝く月明かりの下で
柔らかい笑みを浮かべた。
新浜　心一郎
高校二年生にタイムリープした元社畜。
ブラック企業で培った社畜力で、
根暗で灰色だった青春をやり直し中。

（……ああ、そうだ。伝えよう）
俺の気持ちを。
前世で死ぬまで抱え続けた俺の想いを。
今世で青春のやり直しを始めてから
どんどん膨れ上がっていったこの感情を、
この少女に今こそ告げよう。
「俺は、春華のことが――」
Shijoin Haruka
紫条院 春華
天真爛漫でライトノベルが好きな美少女。
世間知らずでおっとりとしているが
新浜のおかげで少しずつ
自分の意見を出せるように。

「ふぅ……美味しいです……」
春華はカンパリオレンジに口をつけて満足気な表情を見せていた。
透明なグラスにピンク色の唇が触れる様がなんとも扇情的で、
改めて現在の春華の成熟した魅力を思い知る。
Shijoin Haruka
紫条院 春華
美しさに磨きがかかった二十五歳。
新卒で入った会社で酷いイジメを受け、
大人であることに疲れ果てている。

「子どもの頃はどうして大人はあんなにも
お酒が好きなのかわかりませんでしたけど……
今は痛いほど理解できます。
お酒を飲むと、気分が少しだけ
楽になるんですよね」

「はい！　以前から水族館というものに
一度来てみたかったんですけど……
夢が叶って良かったです！」
「え……もしかして
人生初の水族館なのか？」
流石にそれは驚きだった。
普通は子どもの頃に一回は来たことが
ありそうなもんだが……。
「ええ……だから、
今日は本当に楽しいですよ。
行きたかったところに、
好きになった人と来られて」
ごく自然にそう告げられて、
俺の心臓はまたも跳ねる。

過去を積み上げて
辿り着いた現在、
そしてさらに
その先の未来を目指して――

陰キャだった俺の青春リベンジ6

天使すぎるあの娘《こ》と歩むReライフ

慶野由志

角川スニーカー文庫

24013

CONTENTS

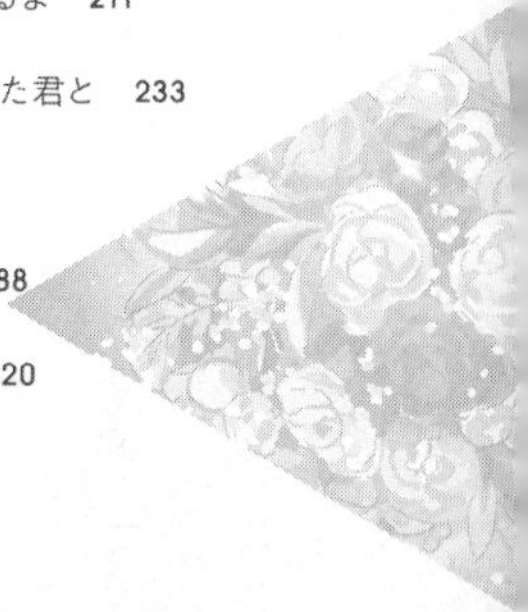

illustration by たん旦
design by 小久江 厚（ムシカゴグラフィクス）

一章　幸せな祝宴で

俺こと新浜心一郎《にいはましんいちろう》は、タイムリープによって高校二年生に戻った元社畜である。

惨めすぎた前世での後悔をバネに全力で青春リベンジを邁進《まいしん》して早半年――あらゆることを頑張ってきた甲斐《かい》があり、現在では家族関係、勉学、学校生活などのあらゆることが順風満帆に進んでいる。

その中でも前世と一番違う点と言えば、俺の憧《あこが》れの少女――紫条院春華《しじょういんはるか》との関係だ。

前世ではほぼ単なるクラスメイトでしかなかったが、今世では誰よりも親しい関係へと踏み込みつつある。

（今日渡した誕生日プレゼント、喜んでもらえてよかったな……）

つい一時間ほど前――俺と春華が勤めるバイト先からの帰りに、俺はかねて準備していた誕生日プレゼントを春華に贈った。

それは特別に豪華なものではなかったが……俺がバイト代を貯めて買ったものだと知ると、ただでさえ嬉《うれ》しそうだった春華は感極まるほどの喜びを露わにしてくれた。

（けどまさか、そこから誕生日パーティーに招待される流れになるとは……）

そう、今俺がいるのは紫条院家のお屋敷である。

春華からの招待を受けてバイト帰りの格好そのままで紫条院家へ訪れた俺は、こうして春華の誕生日パーティーを祝うべくテーブルについているのだ。

なお現在は夕刻であり、本来は女の子のお宅にお邪魔していてよい時間ではないが、俺の親、春華の親の双方からすでに許可は得ている。

（しかしまあ……俺が知っている誕生日パーティーとは一線を画すなこりゃ。ホテルのパーティー会場みたいだ）

少人数のホームパーティーなので場所こそリビング（とはいえ一般庶民の家におけるリビングの四、五倍の広さがある）だったが、部屋が『飾り付け』どころか『改装』されており、高級レストランもかくやという格式の高い空間へと変貌《へんぼう》じていたのである。

さらに和洋中が網羅された絢爛《けんらん》な料理がテーブルに並んでいるが、生半可なビュッフェなんか目じゃないほど美味《うま》い。

さらに誕生日ケーキは芸術品のように豪奢《ごうしゃ》な上にウェディングケーキばりのビッグサイズであり、結婚式か？　とツッコみたくなる。

「うふふ、楽しんでるかしら新浜君！　いやー春華から連絡があった時は思わず飛び上がって喜んじゃったわ！」

娘そっくりの美貌《びぼう》を持つあまりにも若々しい春華のお母さん――紫条院秋子《あきこ》さんはとても上機嫌な声で俺に語りかけてきた。

「あ、その……突然押しかけてすみません。ご迷惑かとも思ったんですけど、春華さんからのお誘いは絶対に断りたくなかったので……」

「くぅぅぅ！　もう、さらっとそういう熱いことを言うとオバさん喜んじゃうじゃない！　いやーもう、本当に楽しいわ！」

さっきから喜びっぱなしである秋子さんの様子は、俺としてはとてもありがたい。

（春華に連れられるままにこのセレブ感溢《あふ》れる場にお邪魔して、最初はちょっと緊張したけど……秋子さんの明るさに助けられたな）

なにせ、出迎えの挨拶《あいさつ》からしてこんな感じだったのだ。

『ふあああああああああああぁぁぁぁ！　よく来てくれたわね新浜君！　この子が誕生日に男の子を連れてくるなんてもう、お母さんは感動で泣いちゃうわ！　え……え⁉　す、すでに誕生日プレゼントも渡した⁉　ああもう！　超攻め攻めじゃない君！　どうしてそう私の希望通りのことをしちゃうの！』

俺が敷居を跨《また》いだ瞬間からこの明るいママはとてつもなくハイテンションであり、俺と春華に抱きついたり、俺が誕生日プレゼントを贈った経緯を聞いて大興奮していたりと、現在進行形ではしゃぎっぱなしだ。

「新浜様、奥様。春華お嬢様の着替えが終わったようです」

　秋子さんと話していると、二十歳前後の美人家政婦――冬泉《ふゆいずみ》さんがクールな声で告げてきた。

　この場の主役である春華なのだが、乾杯を済ませるとパーティーに相応《ふさわ》しいお色直しをするということでしばし退出していたのだ。

　誕生日パーティーでそこまでするのは庶民感覚としては驚きだが、そもそも春華の誕生日などというイベントは本来親族を集めて大々的にやることらしく、本人の希望でこうして『極めて質素』にしてはいるが、ハレの日に相応しい格好をするのは当然のことらしい。

（ううむ、秋子さんもシックなドレスだし、バイト帰りの格好のまま来た俺がちょっと浮いてしまい、かね――）

　リビングのドアが開き、春華が姿を現す。

　その装いを見て――俺の思考はしばし停止してしまった。

「お待たせしてすみません！　今戻りました！」

　戻ってきた春華は、まさに貴族のお姫様になっていた。

　ネイビーの薄地のシフォンドレスに袖《そで》を通した彼女は普段よりさらに華美で、眩《まぶ》しいほどに輝いていた。

　長いさらさらの髪はさらに艶《つや》を増しており、照明を受けて光沢を見せている。

黄金律で整えられたような美貌には薄く化粧がされており、普段のあどけない雰囲気とはまた違った大人の雰囲気を醸し出している。

レース地の向こうに薄《うっす》らと透ける肌がなんとも悩ましく、俺はしばらく目を見開いたまま彼女の美しさに圧倒されていた。

（もう何度こう思ったかわからないけど……本当に綺麗《きれい》すぎる……）

生地を見ただけで相当に高価だとわかる一着は、高貴な顔立ちと雰囲気を持つ春華によく似合っており……どこかの国のお姫様だと紹介されれば誰もがそれを疑わないだろう。

「あの……心……いえ、新浜君……」

春華は少々恥ずかしそうにしながら、俺の席へと歩み寄ってきた。

普段は『心一郎君』『春華』と呼び合っている俺たちだが、今はご両親の手前、『新浜君』『春華さん』と呼んでいる。

「この格好どうでしょうか……？　私としては気に入っているんですけど……」

おずおずと尋ねてくる春華は愛らしさがオーバーフローしており、俺としては答えなんてたった一つしかない。

「凄《すご》く……凄く似合ってるよ。大人っぽくてキラキラしてて、びっくりするほど綺麗だ」

「も、もう、お世辞にしては言い過ぎですよ。でも……嬉しいです」

俺が素直な感想を告げると、春華は頬を少し赤らめながらも嬉しそうに微笑《ほほえ》んだ。

そうやってまた、俺の男心に激しい揺さぶりをかけてくる。

「ひゃあああぁぁぁ！　いい！　ほんっとうにいいわ！　春華も新浜君もどれだけ私を喜ばせれば気が済むの！　あ〜〜〜っ！　私の娘ながらその恥じらう笑顔はポイント高いわよ春華！」

「お、お母様……ちょっとお酒の飲み過ぎじゃないですか？」

「ふふ、今日ほどワインが美味《おい》しい日もないから仕方ないの！　さ、それじゃ早速写真を撮りましょう！　新浜君とツーショットで！」

「え!?　あ、いえ……そ、そうですね！　まずはお客様である新浜君と撮るのが礼儀ですよね！」

秋子さんが促すと、春華は一瞬言葉を詰まらせながらも大変な乗り気を見せた。

そして、家政婦の冬泉さんもすでにカメラマンとしてスタンバイしており、いつもクールな顔が妙にテンション高くなっている気がする。

「そ、それじゃ新浜君……いいですか？」

「お、おお、もちろんだ。ガンガン撮ってくれ」

「そ、そうですか。じゃあ、遠慮なくお隣に失礼しますね！」

俺が快諾すると、春華は俺の隣の席に座って嬉しそうな笑みを浮かべた。

華やかな宴席で眩しいほどの高級な装いに身を包んでいるからこそ、その童女のような純粋な笑みの可愛さが際立ち……さらに見惚《みと》れてしまいそうになる。

「ふふ、それでは新浜様はお嬢様にもっと寄ってください。でないとフレームに入りませんから」

「え⁉　は、はい、ええと、それじゃあ……」

微笑ましそうに笑みを浮かべる冬泉さんに言われるがままに（秋子さんもその隣でニヤニヤしている）、俺と春華は座る椅子ごとお互いへと身体を寄せる。

そして——当然の帰結として俺たちの肩はぴたりとくっつき、微かに伝わる少女の体温に俺の頬はかっと熱くなる。

この距離まで春華に接近したのは初めてではないが、やはりこのとてつもなく甘い女の子の香りは前世から彼女ナシの俺には刺激が強すぎる。

そしてそれは、どうやら俺だけのことではなかったようで——

「な、なんだか恥ずかしいですね……家族の前だからでしょうか……」

こういうことをあまり意識しないはずの天然少女は、俺のすぐそばで微かに頬を赤らめていた。

（うわぁ……またなんとも破壊力の高い……）

高貴な装いの少女が恥じらいの表情を浮かべる様は、猛烈に男心をかきたてられる。

よそのお家にお邪魔して家族の視線が向いている中なのに、その胸を射貫くような魅力に意識が占領されてしまう。

「あーいいっ！　お二人とも最高の表情です！　そのまま！　そのままー！」

そしてそんな俺のドギマギを余所《よそ》に、冬泉さんはアイドルを激写するファンのような熱量でシャッターを連打する。

「いいじゃないっ！　そうよ二人ともそのまま！　あーっ、ほらそこ春華ったらこっちじゃなくて新浜君を見なさい！　カメラ目線な笑顔じゃなくて心が自然と笑みを作った感を出さなきゃ駄目よぉ！」

そして、その後ろにいる秋子さんもやたらとテンションが上がっており、撮影監督かのようにこっちに指示を飛ばしまくる。

そしてそんな騒がしくも和やかな雰囲気の中——

俺の正面に座るとある人物は、先ほどから爆発寸前の怒りを抑えるかのように震えており……握《にぎ》り拳《こぶし》の圧力でテーブルはミシミシと音を立てていた。

＊

（うーん美味い……生クリーム一つとっても普通とは違うしスポンジもきめ細かすぎる。きっとお値段とか聞かない方がいいクラスのケーキだなこりゃ）

最初の緊張からすれば図太いもので、俺はリラックスした状態で切り分けられたケーキを口に運んでいた。

なお、春華と秋子さんは俺からちょっと離れたところで母娘の記念撮影をしている。

そんな訳で俺は少し喧噪《けんそう》から離れた感じなのだが、一人となった訳ではない。

なにせ、俺の正面の席にはこの家の大黒柱である人物が座っているのだから。

「やっぱり女性は写真が好きですよね。記念日ならなおのことですけど」

「貴様ぁぁ……この状況で和やかに話しかけてくるとは良い度胸だなオイ!?」

俺の目の前にいる大企業の社長――春華の父親たる紫条院時宗《ときむね》さんは、苦虫を百匹くらい噛《か》み潰《つぶ》したような顔で言った。

この娘ラブな過保護パパは、このパーティーが始まってから少し経ったタイミングでプレゼントを抱えて帰宅した。

そんでもって満面の笑みでこのリビングに入ってきたのだが……そこで俺という異分子を見つけたのだ。

『ぎゃぁあああああっ!?　な、ななな、なんで貴様がちゃっかりいるぅぅぅ!?』

悲鳴に近い叫びを上げた娘想いのパパに事情を説明したのは、俺ではなくてこの家の女性陣だった。

『お父様お帰りなさい！　心……あ、いえ新浜君は私が招待したお客様です！　失礼なこ

『時宗さん？　可愛い春華の誕生日なんだから、あんまりギャーギャー言っちゃダメよ？』

　と、そんなふうに娘と妻から思いっきり釘《くぎ》を刺され、もの凄く何か言いたそうな顔のまま、時宗さんは今に至るまで沈黙を余儀なくされていたのだが……。

「さっきからリラックスした顔で普通に楽しみおって！　そもそもいて当たり前みたいな顔でさらっと我が家のお祝いに出席してるとか、私からすれば軽くホラーなんだがっ⁉」

「だから言ったじゃないですか。春華さんから誕生日パーティーに招待されて、秋子さんから許可をもらったんですよ。時宗さんには寝耳に水になって申し訳ありませんけど」

「ぐううう……！　ええい、秋子も私に連絡せずに事後承諾で通しおって！　一応ここの家長のつもりなんだがな私は！」

　拗《す》ねたような言葉を吐いたかと思うと、時宗さんはグラスの白ワインを一気に呷《あお》った。

　ほのかに薫る芳醇な香りに、そのワインが前世では口にする機会が終《つい》ぞなかった高級品だとわかる。

　……いいなあ、俺も前世で死ぬまでにお高いシャブリとか飲んでみたかった。

「家族団欒《だんらん》をお邪魔してしまったのは申し訳ないです。けれど……春華さんのお招きを断るなんて選択肢は、俺の中になかったんです。どうか今日は許してください」

「こいつめ……！　一見殊勝なことを言っているようで、自分の恋愛事情を優先しているだけだろうが⁉」

　即座に返ってきたツッコミに、俺は少しだけ目を逸らす。

　ははは、流石社長。実はまったくもってその通りです。

「ああもう、まったく……！　春華が成長すれば言い寄る男がワラワラでてくるのは予想していたが、貴様みたいな奴は流石に想定外だよチクショウ！」

「いやぁ、恐縮です」

「褒めてないわアホぉ！」

　語気を荒らげる時宗さんだったが、俺としてはその様子は少々意外だった。

　誕生日に乱入してきたに等しい俺に対してもっとイライラを見せるかと思ったが、言葉を荒らげながらも刺々しい感じはない。

「…………ふん、君はこの家が怖くないのかね？」

「え……」

　時宗さんはふとおふざけを排した表情になり、静かに言葉を発した。

「最初に会った時にも言ったが……春華は紫条院家の直系の娘だ。あの娘との〝本気〟とはすなわち将来的な約束ということになり……そうなると名家のしがらみやら資産やらで極めて面倒かつ困難な試練がいくつも立ちはだかるだろう。聡《さと》い君ならそれをある程度想像できるはずだ」

それは……確かにそうだろう。

紫条院家がとても理性的で優しい人ばかりだからつい忘れそうになるが、名家というものは様々な重みをその内に秘めている。

「それでも本当に本気なのか？　経験者として言うが、一般庶民が乗り越えるには想像以上に大きな壁だぞ」

それは、娘から遠ざけたい故の脅しではなく純粋な心配の言葉だった。

その心遣いに感謝しつつ――俺は俺なりの考えを告げた。

「以前俺は……とてつもない失敗をしました」

「うん？」

「その失敗とは、『何もしなかった』ことです。欲しいものも、大切にしたい人も、言うべきだった言葉もありました。けど、辛さや怖さを理由にして問題から逃げ回っていた結果……何もかも全部ダメになりました」

「…………」

俺が犯した前世での過ち。

懺悔《ざんげ》のようなそれを、時宗さんは黙って聞いてくれた。

「行動の結果の失敗であれば、まだそこから学ぶことも自分への納得も得られます。けど、本当に何もしなければ、得るものはただ死にたくなるような後悔だけです。だから――俺は自分が本当に望んでいることから逃げたくないんです」

　言葉を切り、俺はさらに続けた。

「力及ばずに春華さんにフラれるのなら仕方ないです。けど、あれこれと理由をつけて本当に好きになった人を諦《あきら》める……そんなことは絶対にごめんです」

　そうだ、だから俺はここにいる。

　前世の自分では無理だった全てに挑むために。

「だから、俺は本気です。そんな気持ちになってしまうほどに、春華さんは魅力的な女の子なんですから」

　……言い切ってしまってからふと冷静になり、自分の発言がドン引き必至の激烈に重いものだったと気付く。

（し、しまった……前世のことを考えるとつい熱くなって……！　好きな子の父親に何言ってんだ俺⁉）

「……ふん、なんとも口が回るな。だがまあ……言葉の全てが本気だったのはわかったさ。相変わらず十代とは思えんマグマみたいな情念だな」

　――まったく、だからこそ根負けしそうになるだろうが――

「え……？」

　言葉の後に微かな呟《つぶや》きが聞こえた気がしたが、それを確かめる前に時宗さんは俺へと空のグラスを差し出してきた。

その意味がわからず俺は困惑の表情でそれを受け取るが——

「ほれ飲め。もちろんノンアルコールだ」

「え……あ、は、はいっ！」

シャンパンのボトルが傾けられ、グラスに注がれた液体がシュワシュワと音を立てて弾ける。

そして、俺は突然のお酌に慌てながらも時宗さんと同時にグラスの中身を呷った。

シャンパンは前世ぶりだが……なんかやたらと美味く感じる。

「ふぅ…………まあ、なんだ。来てしまったものは仕方がない。春華が望んだことなら仕方ないし、今日はせっかくだから食べるだけ食べて楽しんでいくがいいさ」

「は、はい……！」

バツが悪そうに目がやや逸れている社長の言葉に、俺は驚きの声を漏らした。

まさか、ここまで穏やかな言葉をかけてもらうとは……。

（もしかして……俺のことをちょっとは認めてくれたとか？　……いやいや、そりゃちょっと自惚《うぬぼ》れすぎか）

と、そう思った時——

「あ、ずるいです新浜君！　お酌し合っての乾杯とか、そういう大人っぽいことは私ともしてください！」

ドレス姿での写真撮影会を終えたらしき春華が、俺の隣に立っていた。

どうも場酔いしているようでその頬は紅潮しており、いつにも増して笑顔全開で超ご機嫌状態である。

「ああ、そりゃもちろん。それじゃ俺から注ぐぞ？」

「はい、お願いしますね！」

春華と俺はお互いのグラスへシャンパンのボトルを交互に傾けて、笑みを浮かべつつ乾杯を唱和した。

「え、いや、春華……順番違わないか？　普通父親と乾杯するのが先では？」

そんな俺たちに視線を注ぎながら時宗さんが救いを求めるように言うが、テンションの上がっている春華の耳には届いていないようだった。

そしてグラスを飲み干すと、春華はさらに笑みを深めた。

「ああ、本当にいい気分です！　家族だけの誕生日ももちろんいいものですけど、やっぱり友達が来てくれると特別ですね！」

「いやいや、そう言ってくれるのはありがたいけど、さっきから俺ってメシ食って座っているだけで何も特別なことはしてないぞ」

「もう、何を言っているんです？　誕生日に一番嬉《うれ》しいものを贈ってくれたじゃないですか！」

言って、春華はちらりとテーブルの端に置いてある紙袋へと視線を送る。

俺が拙いなりに選んで贈った、春華へのプレゼントへ。

「友達から誕生日プレゼントなんて、私にとって、涙が出るくらいに嬉しいことだったんですよ！　おかげで今もこうしてとってもウキウキなんです！」

高貴なドレスに身を包んだ麗しき少女は、子どものように無垢《むく》な笑みを浮かべる。今この時に感じている幸福は、余すところなくその眩《まぶ》しい表情に表れていた。

「本当にありがとうございます心一郎君！　おかげで最高の夜です！」

「そこまで言われると照れるけど……まあ春華がそう思ってくれたのなら俺も選んだ甲斐《かい》はあったよ……ん？」

ふとその場が急に静まりかえる。

不思議に思って周囲を見ると、何故か大人たちは揃《そろ》って硬直していた。

冬泉さんは口元を押さえて目を見開いており、秋子さんは頰に手を当てて湧き上がる歓喜を抑えきれない様子で言葉を失っている。

な、なんだ……？　何をそんなに驚いて……？

「…………なあ、新浜君よ」

静寂を破った時宗さんの声が、宴席へ響く。

そのこめかみには血管が浮き出ており、憤怒がこみ上げているかのようにちょっと震えている。

「今……春華と君が名前で呼び合っていたように聞こえたが……？　ふ、ふふ、私の聞き間違いかなぁ……？」

「「あ……」」

その指摘に、俺と春華は揃って自分たちの迂闊《うかつ》さを悟る。

し、しまった！　春華に名前を呼ばれてつい俺もサラッと……！

筆橋《ふではし》と風見原《かざみはら》にバレた時といい、やっぱり習慣化しているのを完全に隠すのは難しすぎる……！

「なんだその『あ、ヤベ、バレた』みたいな顔は⁉　どういうことか説明しろ！　い、一体何があってお前たちはどうなってるんだ今……！」

「ええ、これはまったくもって説明が必要だわ！　あ、冬泉さん！　これからじっくりしっかりお話ししないといけないから人数分のお茶を淹れて頂戴《ちょうだい》！　きゃあああ最高！こんなサプライズをとっておくなんて新浜君も人が悪いわね！」

動揺と怒りで微妙に呂律《ろれつ》が回っていない時宗さんと、お目々キラキラで詰め寄る秋子さん。全くベクトルが違う感情で問い詰めてくる夫婦に、俺はダラダラと冷や汗を流す。

（いや、なんか普通に仲が深まってそうなっただけなんだが、二人とも絶対に『何か』が

あったと思い込んでる……！　こ、これは……一体どういう説明をしたら二人とも納得してくれるんだよ⁉）

娘への愛に溢《あふ》れた夫婦に迫られながら、俺は苦笑いを浮かべつつ胸中で悲鳴を上げた。

＊

「す、すみません心一郎君……もっと早くお開きにするつもりが、こんな時間になっちゃって……」

「いやいや、大丈夫だって。親には遅くなるって言ってあるし」

申し訳なさそうに言う春華に、俺は笑って言葉を返す。

時はすでに夜であり、辺りは完全に真っ暗だ。

そんな暗闇の中、紫条院家の正門に至るまでの庭で、俺と春華は立ち話に興じていた。

帰りは送ってもらえることになり、敷地の外には紫条院家の車が待っているのだが……この家のお抱え運転手である夏季崎《かきざき》さんから『ふふ、余韻に浸ってお二人で話したいこともあるでしょうし、少々夜の空気を吸われてから声をかけてください』と気を遣われた。

この家の勤め人は誰もが春華を可愛がっているのに、俺のような冴《さ》えない奴が近づくことをよく応援してくれるなと思う。

夏季崎さんにそれを言ったら、『ははは、冴えないの意味を辞書で引き直すことをオススメしますよ』と言われてしまったが……。

「まったくお父様もお母様も興奮しすぎです！　私たちが名前呼びになったのは単純に仲良くなったからだって、何度説明してもわかってくれないんですから！」

「はは……まあ、なんとか一応納得してもらったけどな」

俺と春華の名前呼びがバレた後、何故そうなったかを詰問されたのは本当に大変だった。皆で海に行った時に自然とそうなっただけで、何もそんな特別なことがあった訳ではない——そう根気よく説明するしかなかったのだが、なかなか納得してくれなかったのだ。

「もう、すみません……せっかく来てもらったのに不愉快じゃなかったですか？」

「へ？　いやいや、まあ説明には困ったけど本当に楽しかったって。何だかんだでご両親と顔を合わせるのも緊張しなくなってきたしな。こっちこそあんな豪華な料理とケーキを頂いて恐縮してるくらいだよ」

俺としては、春華の誕生日に招いてもらっただけで天にも昇る気持ちなのだ。

ご両親とのあれこれについても最後に一波乱こそあったが……楽しかったというのが正直な感想だ。

「もう……でも心一郎君が本当にそう思ってくれているのを知っているからこそ、お母様もお父様もつい気安くなってしまうんでしょうね」

紫条院家の庭園の中で、高貴な少女は苦笑する。

そのなんでもない表情の変化が、今夜は特に可愛く映る。

（……綺麗《きれい》だな……）

ハイネックのノースリーブドレスを着ている春華は、この色とりどりの花が彩る庭園に溶け込んでおり、本当にお姫様のようだった。

本人は意識せずとも、その佇まいや雰囲気は完全に高貴なる者のそれであり、夜闇の中でもその美しさが隠れることはない。

「……今年の誕生日は、去年とは何もかも違いました」

「え……」

「毎年、あんな感じで誕生日会を開きます。世間一般からすれば豪華で、両親も心から祝ってくれて……それは間違いなく幸せなことなんですけど――」

春華の視線が俺へと向き、俺たちの瞳《ひとみ》は通い合う。

「心一郎君がいてくれた今日は、今までとは全然違う誕生日でした。なんというかこう……何もかもがキラキラしていたんです」

「…………」

はにかむように言う春華の一言が、俺の脳に浸透して甘い痺《しび》れをもたらす。

「最近、ようやくわかったことがあります。心一郎君は春からずっと私の世界を変え続けてくれて、私を何度も助けてくれました。それについては何度お礼を言っても足りないくらいですけど……それだけじゃないんです」

春華は未だに宴席の高揚が残っているのか、微かに頬が紅潮していた。

「私にとって本当にありがたかったのは、心一郎君がしてくれたことの『結果』じゃなくて……心一郎君の存在そのものです。貴方《あなた》がいてくれるようになってから、毎日の景色がどんどん輝いていったから」

煌々《こうこう》と輝く月の明かりに照らされて、ドレスに身を包んだ姫君は静かに心中を言葉にしていく。

その幻想的な美しさに、俺はしばし言葉を忘れる。

「だから……そんな心一郎君と一緒に誕生日を過ごせて、自分の心が喜んでいるのがわかります。だから、もう何度も繰り返した言葉をもう一度言わせてください」

無垢な少女は、ただ純粋な気持ちで言葉を紡いでいる。

清廉で温かな気持ちだけを胸に、真っさらな感謝と好意を込めて。

「……本当にありがとうございます、心一郎君。こんなに素晴らしい人が私と仲良くしてくれているなんて、信じられない幸運だなって毎日思っています」

そして春華は、頭上に輝く月明かりの下で柔らかい笑みを浮かべた。

愛らしく、温かで、心の全てがほぐされるような……そんな素敵な笑顔を。

（────ああ）

もう何度も惚《ほ》れ直して、何度も恋に落ちた。

それでもこの少女の魅力は、いつだって俺の心に鮮烈な春風を吹き込む。

可愛いと思う。美しいと思う。この少女の存在全てが好きすぎて、涙すら出てきてしまいそうになる。

（あ、これ……もうダメだ。俺の中の『好き』が溢れて止まらない……）

最高の笑みを浮かべる春華を前にして、俺はいよいよ自分の恋心が限界に達しているのを自覚する。

好きで、好きで、好きで──本当に心の奥底から春華を想っている。

この少女を振り向かせるために、俺はタイムリープしてきてから今までずっとずっと努力の道を走ってきた。

一度しかできない告白が絶対に失敗しないように、春華に相応《ふさわ》しい男になれるように突っ走ってきて──ここまで辿《たど》り着《つ》いた。

だから、もう言ってしまっていいだろうか。

俺にとって最大の青春リベンジを果たして、本当に望んだものを手に入れるのは今この時なのだろうか。

（……ああ、そうだ。伝えよう）

俺の気持ちを。前世で死ぬまで抱え続けた俺の想いを。

今世で青春のやり直しを始めてからどんどん膨れ上がっていったこの感情を、この少女に今こそ告げよう。

「なあ、春華。ちょっと聞いてほしいことがあるんだ」

「え……？」

薄い夜闇に包まれた庭園で、秋を感じさせる涼しい風が吹いていた。

そんな中で、春華は俺の真剣な表情を見て目を丸くしていた。

この一言を言ってしまえば……もう俺と春華は今まで通りにはいかないだろう。

「ど、どうしたんですか心一郎君？　そ、その……そんなに真剣な顔をされたら少し照れてしまいます……」

じっと見つめる俺の眼差しに、春華は困ったような表情で頰を赤くしていた。

けれどそれでも、俺を注視して次の一言を待ってくれている。

タイムリープなんていう途方もない奇跡を与えられた俺は、その俺なりの意味を成すべく口を開く。

俺が今世をひた走ってきたのは、全てこの時のためにある。

「俺は、春華のことが――」

俺が勇気を振り絞ったその瞬間――

――――――カチリ

（へ……？）

一世一代の言葉を告げようとしたその瞬間、俺はその音を聞いた。

まるで古ぼけた時計が時刻を知らせるような、歯車が嚙《か》み合う音。

だが奇妙なことに、それは周囲のどこからか聞こえてきたというより、俺の脳裏に直接響いたように思えた。

何だ今の……？　どこから聞こえた？

俺が訝《いぶか》しんだその時――

「あ……れ…………？」

春華のか細い声に反応すると、目の前にいる少女の身体が大きく傾いていた。

そして――突然の事態に硬直する俺の目の前で、春華は全身の力を失って崩れ落ちる。

「な……っ!?　春華っ!?」

俺は慌てて手を伸ばし、地面に倒れゆく春華の身体をすんでの所で受け止める。

支えた少女の身体はあまりにも軽く、四肢に力が入っていないのはすぐにわかった。

「しっかりしろ春華！　一体どうし……!?」

呼びかけながら春華の顔を覗《のぞ》き込み、俺は戦慄《せんりつ》した。

ほんの数秒前まで普通だった春華の顔色は氷のように真っ青で、この涼しくなった夕方に大量の汗をかいて震えていた。

「ぁ……ぁぁ……？　あ、い……や、ぁぁ……あ、あああああああああああああああああ……っ！」

いつも朗らかな笑顔を見せる少女の表情は、激しい混乱と苦悶《くもん》のみに彩られていた。明らかに尋常な様子ではない。

両手で頭を押さえて脳に激痛が走っているかのように苦痛の悲鳴が口から漏れており、瞳からは涙をぼろぼろと溢れさせている。

今彼女を襲っている苦痛が、とても耐えられないものであると察する他になかった。

（な、んだこれ……っ！　一体何が起こってる⁉）

想いを寄せる少女が酷く苦しむ様を目の当たりにし、俺は激しい混乱の中にいた。

まるで出来の悪い脚本が状況にそぐわないシーンを無理やり挿入したかのように、何もかもが唐突に過ぎて意味不明だった。

さっきまで俺と春華は笑い合えていたのに、どうしてこんなことになっているんだ……⁉

「ぁ…………ぃ……しん……いちろう、くん……」

「無理に喋《しゃべ》らなくていい！　すぐに家の人と救急車を呼ぶから！」

息も絶え絶えな様子の春華に、俺は泣きたくなるような気持ちで告げる。

本当に、何がどうなって……！

「……たすけ、て……」

その縋《すが》るような言葉を最後に——春華は苦痛から逃れるように意識を閉じた。

全身から力が失せ、ピクリとも動かない。

「なんだ……これ……」

天気は崩れ、暗雲が空を覆っていた。

ポツポツと雨粒が少女の身体を濡《ぬ》らしていく中で、俺は未だに何が起こったのか理解しきれずに呆然《ぼうぜん》としていた。

「何だって言うんだよこれはぁっ!?」

異常を察して夏季崎さんが駆けつけてくるのを視界の端に認めながら、俺は意識を失った春華を抱いて絶叫した。

——知らない。

知らない知らない知らない知らない知らない知らない知らない……っ！

俺は——こんな過去を知らない。

二　章　その現象の名を俺は最初から知っていた

自宅で迎えた土曜日の昼は、とても穏やかで平和だった。

昼から天気は悪くなるらしいが今はまだ快晴であり、外でチュンチュンと雀が鳴く声が心地好《よ》い。

（……誰かが最悪な時でも、世界は平常運転か。ま、そりゃそうだよな）

俺がブラック企業で精神が破綻《はたん》しそうになっていた時も、真夜中のオフィスで無様に死んだ時も、俺以外の世界の時間は淡々と過ぎていた。

不幸とは、どこにでも転がっているありふれたものでしかないのだから。

「それじゃ行ってくるな」

「あ、うん……いってらっしゃい兄貴」

自宅の玄関口で、俺は靴を履きながら妹の香奈子《かなこ》にお見送りされていた。

これから向かう先を考えれば、普段ならこいつも俺に発破やからかいの一つでも投げかけていただろうに、そんな気配はない。

なんだかんだで、この妹は空気が読めて優しい奴なのだ。

「……悪い、心配かけてるな」

俺のせいで最近この家ですっかり湿っぽい雰囲気が続いていることを含め、俺は妹にワビを入れた。

いくらなんでも、我ながら本当にメシが喉《のど》を通らなくなるくらいまで落ち込むとは思ってなかったしな。

「そりゃママも私ももちろん心配してるよ。兄貴ってばこの十日間は見てらんなかったもん」

……正直耳が痛い。特に『あの日』から二日ほどは茫然自失《ぼうぜんじしつ》すぎて抜け殻みたいになってたもんな俺。

「すまん、ちょっと空元気が出せる精神状態でもなかったからな。でもまあ安心しろ。もう飯はちゃんと食えるようになったし、ぶっ倒れたりはしないよ」

少し痩《こ》けた頬を触りながら、俺は妹に笑いかける。

それが虚勢だとしても、努めて笑顔を作ってみせる。

「それじゃ行ってくる。夕方までには帰ってくるよ」

「うん……いってらっしゃい兄貴」

神妙な妹の声に送りだされて、俺は実家を出る。

向かう先は、ここ最近すっかり行き慣れた紫条院《しじょういん》家の屋敷だ。

＊

『ようこそいらっしゃいました新浜《にいはま》様。お待ちしていましたよ』

この十日間ですっかり通い慣れた紫条院家の前に辿り着いてインターホンを押すと、モニターの向こうで、この家のお抱え運転手である夏季崎《かきざき》さんが対応してくれた。

「……ええ、今日も来てしまいました」

『今の紫条院家にとって、貴方《あなた》の来訪はとてもありがたいことです。さあ、どうぞ上がってください』

夏季崎さんは痛ましげに俺を見て、労るように優しい言葉をかけてくれた。

その気遣いに、俺の心はほんの少しだけ軽くなる。

そして、俺は紫条院家のとてつもなく広い中庭を通り抜けて玄関へと足を進める。

そこに、『あの日』から変化はない。以前と同じく色とりどりの花が咲き乱れており豪華な装飾の噴水が見る者の目を楽しませている。

本当に——何も変わらないように見えるのだ。

感傷的になりすぎている自分を自覚しつつ、俺は豪奢《ごうしゃ》な玄関のドアをゆっくりと開けて紫条院家の敷居を跨《また》ぐ。

「よく来てくれたわ新浜君。いつも足を運んでくれてありがとうね」

「秋子《あきこ》さん……どうもこんにちは。出迎えて頂きありがとうございます」

春華《はるか》のお母さんである秋子さんが、わざわざ俺の来訪を出迎えてくれた。

だが……その姿は面識がある俺からすればあまりにも痛々しい。

（秋子さん……やっぱりかなりやつれたな……）

少女のようにはしゃぐ姿が印象深い女性だが、今は憔悴《しょうすい》と疲労の色が濃い。

目の下には隈《くま》が出来ており、俺以上に痩《や》せたように思える。

「ここ最近、いつもお邪魔して申し訳ありません。今日もお見舞いさせて頂いて大丈夫でしょうか」

「ふふ、お邪魔どころか、あの子のためにずっと足を運んでくれている君に凄《すご》く感謝しているわ。さ、今日もゆっくりしていって、あの子に色々な話をしてあげてね。……じゃあ冬泉《ふゆいずみ》さん。よろしく」

「はい、奥様」

答えたのは、この家の若い家政婦さんである冬泉さんだった。

この十日間で何度も会っている彼女は、『あの日』以前と変わらずに平静を保っているように見える。

だが……それもおそらく周囲を元気づけるための仮面だろう。彼女の瞳《ひとみ》にもまた、深い悲しみの色がずっと湛《たた》えられているのだから。

「……奥様も少し休まれてください。眠れないのは承知しておりますが、せめて横になるだけでも」

「ふふ、そうね。こんな顔をあの子に見せたらびっくりさせちゃうものね」

そんなやりとりを聞くだけで、もう胸が痛い。

ここ最近ずっとこの家に通っている俺だからこそ、あの明るかった紫条院家から徐々に灯りが消えていくのが解ってしまい、本当に辛い。

「では行きましょう新浜様。お嬢様のところへ」

そうして、今日も俺はそこへ足を運ぶ。

あの日、俺が想いを伝えられなかった少女のもとへ。

＊

ひどく静かな紫条院家の屋敷の中を歩いていると、すぐにそこに到着した。

この家で最も愛されている少女——春華の部屋。ここ連日、俺がずっと足を運んでいる場所でもある。

その入り口のドアを見ると、どうしてもこの部屋で春華と二人で過ごした時のことを思い出してしまう。

二人で食べたフルーツタルト、ふとしたことで生じた甘い雰囲気、過保護のあまり娘の部屋に突撃してくる時宗《ときむね》さん……。

そんなドタバタが、今では遥《はる》か遠い昔のことのようだった。

「お嬢様、失礼します」

冬泉さんと一緒に入室すると、少女の部屋に似つかわしくない光景が目に飛び込んできた。

医療用の各種計測メーターに、面会用の椅子。

医療用電動リクライニングベッドに、人間工学に基づいて患者の負担を軽減する最新のベッドマット。そして、その傍らに設置してある点滴スタンド。

今やこの部屋は、個人宅の中に作られた病室だった。

「お嬢様……今日も新浜様が来てくれましたよ」

冬泉さんが部屋の奥に進み、やんわりと声をかける。

大きな医療ベッドの上にいる一人の少女へ。

「春華……」

俺はそっと春華へと語りかける。

その姿は、以前と何ら変わりない。

黒く艶《つや》やかな長い髪は丹念に紡がれた絹糸のようで、肌は甘いミルクを溶かしたような白色。

神様が丹念に彫り込んだようなその綺麗《きれい》な顔も何もかも……俺が知っている紫条院春華だった。

（本当に以前と変わりなく見える……けど……）

医療用のリクライニングベッドはマットの上部がせり上がって背もたれになっており、春華はそこに背を預けて座るような体勢になっている。

パジャマを着ている彼女は眠っている訳ではなく、その瞳は完全に開いていた。誰が見ても、意識を覚醒《かくせい》させていると思うだろう。

だが――

「……う…………あ…………」

そこに宿っているはずの春華の心は、見る影もなく変わり果てていた。

＊

「春華……今日も来たよ」

「……………ぁ……」


俺が呼びかけても、春華は微かに呻《うめ》くばかりでまるで反応しなかった。

その瞳は何も映さず、何も見ていない。

表情もまた無に等しく、何の感情も表れていない。

まるで壊れた人形になったかのように、彼女の心はそこになかった。

(もう十日……か)

あの日あの後——急に意識を失った春華は、すぐに救急車で病院へ運ばれた。

当然、春華の両親も病院に同行したが、ほどなくして春華は目を覚ました。

その時は俺も秋子さんも時宗さんも心からホッとしたものだったが——

絶望はその後にやってきた。

目を覚ました春華は、心が壊れているとしか言いようのない状態だったのだ。

(目は開いているし、呼吸もしている……けど、指一本すら動くことなく外部のことを全く認識していない……)

今の春華は、心がどこかに飛んでいってしまった抜け殻のようだった。

ただ虚ろな瞳で虚空を眺めるばかりの状態だ。

時宗さんは、即座に名医と呼ばれる医者たちに春華を診せた。

だが、どれだけ入念な検査を行っても、この症状の原因を特定することはできなかった。

脳を含め、どんなに調べても身体に異常はなかったのだ。

ただ、症状としては、極度のストレスによって自己の心を閉ざしてしまった人に酷似している——そんな結論だったらしい。

しかし、当然ながらそういった症状は、愛する人の喪失や災害との遭遇などの過酷な体験の結果だ。理由もなくある日突然なるようなものじゃない。

（むしろ最近の春華は笑顔に満ちていて精神状態は円満そのものだった……俺だけじゃなくて紫条院家はもちろん、学校やバイト先の誰もがそう証言した。そもそも春華の性格上、精神に歪《ゆが》みをもたらすほどのストレスを、一緒に住む家族に隠しきれるはずがない）

だからこそ、こうなった原因は完全に不明のままだ。

結局、自宅で長期的にケアしながら多くの言葉を投げかけて、精神方面の治療をじっくりと行っていくしかない——その結論を得て春華はこうしてこの部屋にいる。

「では新浜様。私は退室します。ゆっくりしていってください」

冬泉さんは一礼して退室し、広い部屋は俺と春華の二人っきりになった。

俺は見舞い用の椅子に腰掛けて彼女に視線を送る。

だが、彼女が俺に瞳を向けてくれることはない。

俺が今ここにいるという事実すら、彼女は全く認識していないだろう。

「春華……連日押しかけちゃってごめんな」

見舞い用の椅子に腰掛けて、瞳に何の意思も感じられない春華へと、俺はゆっくり話しかけた。

「時宗さんは流石に会社を休むのが限界らしくて、今日は出勤しているよ。あんなに痩《や》せ細《ほそ》るほどに精神が磨り減っているのに、それでも社長としての務めは果たそうとするんだから、本当に大した人だよな」

春華の両親は、春華がこんな状態になったことで悲しみに暮れた。

特に最初の数日は、周囲の人間が見ていられないほどに憔悴していたらしい。

だが、それでもあの二人は娘の回復を信じて必死に涙を拭《ぬぐ》い、今自分ができることをしようとしている。前世の俺なんか比べものにならないほどに立派な大人だ。

「本当はさ、連日見舞いに来るなんて迷惑すぎて自分でもどうかと思ったんだ。でも時宗さんに土下座して頼んでみたらさ、『むしろお願いしたい。娘に話しかけてやってくれ』って逆に頭を下げられてびっくりしたよ」

身体に異常がない以上、現段階において春華の状態は精神的な問題としか仮定できない。回復のためには、家族やごく親しい人間との接触による精神の活性化しかないというのが医師たちの診断だ。だからこそ時宗さんも俺にその一助となってほしいとお願いしてきたのだ。

「風見原《かざみはら》と筆橋《ふではし》も見舞いに来たらしいな。春華の姿を見てワンワン泣いたみたいだけど、秋子さんは凄く感謝していて、二人に何度も頭を下げていたって聞いたよ」

　春華の友達であるあの二人も学校では以前の明るさを失っており、すっかり静かになってしまっている。見かねた俺は『そんなんじゃ春華が戻ってきた時に激痩せしてるぞ？』と発破をかけたが、二人からは苦笑しながら『どんよりしすぎて死相が出ている新浜君ほどじゃない』と返されてしまった。

「……体調が戻ったらさ、どこか遊びに誘いたいんだ。カフェでも遊園地でもいいけど、とにかく春華と一緒に遊びたい。あ、まあその前にこの間言いそびれたことをちゃんと言わないとな。照れくさいけど、あればかりはきちんと言っておかないといけないし」

　俺はただ一方的に喋《しゃべ》る。学校のこと、クラスのこと、紫条院家のこと、ウチの家であったちょっとしたことや、これからのこと。春華に聞いてもらいたいことを、全て話す。

「………………」

　春華は何の反応も返さない。

たまに漏らす呻き声も、意思の欠片《かけら》さえ宿っていない。

瞳こそ開いているが、実質的には眠っているようなものなのだ。

「本当に……どういうことなんだろうな……」

　一時間近くも一人で喋った後、俺はポツリと呟《つぶや》いた。

こんなことはありえない。

そう、あり得ないことを俺は知っているのだ。

（春華がこんなに長期間学校を休んだ記憶なんてない……つまりこれは前世で起こっていなかった事態なんだ……）

いくら俺の主観時間で十数年前のことであろうと、密かに憧《あこが》れていた少女がこんなに長く学校を休んで記憶に残らないはずがない。

それに、春華と俺が一緒にやっている図書委員の仕事だって、前世において春華がいなくなった期間なんてなかった。

「やっぱり原因は俺なのか……？　俺のせいで春華はこんなふうになってしまったのか？」

この十日間、毎日ずっとこの疑問と自責の念が頭を占めていた。

前世に起こっていないことが今世で起こる。

その原因として真っ先に思いつくのが、俺というタイムリーパーの存在だ。

（俺という異物の存在がこの事態を引き起こしてしまったのか……？　けど、それにしても訳がわからない。俺が何かやったのならともかく本当に何も――）

俺がこの事態のトリガーとなっていたとしても、結局その具体的な原因と解決方法がわからない。

そして、それでも時間は容赦なく過ぎていき、もう十日が経過した。

紫条院家の皆が必死に介抱し続けて、考えられる最高の医療を施すべく奔走し、泣きはらして神頼みまでして——日々磨り減っていく精神を抱えて春華を看病し続けて、もう十日だ。

その間、春華は何の変化もなくずっと精神が崩壊したまま。

ほんの僅《わず》かな改善の兆候すら見せず、ただ悲嘆だけが積み上がっている。

(もし、これが俺のせいなら……疫病神もいいとこだろ……)

この十日間でたびたびそうだったように、自らを呪う言葉が胸中で木霊《こだま》した。

(何が春華を破滅の未来から守るだ……因果関係は全然わからないけど、俺がこの時代で好き勝手やったせいで春華はこうなったんじゃないのか？)

ここしばらく発作のように繰り返している自分への呪詛《じゅそ》が、今日は特に強い。

自責の念が溢《あふ》れて、春華の前なのに思わず口から吐き出してしまう。

「春華の未来と、俺の未来……今度こそ全部上手くやれると調子に乗った結果がこれなのかよ!?　俺はただ春華に災厄を運んできただけだってのか!?」

頭を抱え、悲嘆に沈む。

自分のせいで春華がこうなった可能性がある以上、自責の念は留まることを知らない。

「……ふう、ごめんな春華。春華の方がずっと辛いのに愚痴なんて言っちゃって。さて、話の続きだけど、それで学校でさ……？」

自分の感情にリセットをかけて、今はこの少女に一言でも多く言葉を投げかけなければ

と話を再開しようとするが──

「………せ…………ん……」

「え……春華っ⁉」

春華の口から意味のある言葉のようなものが聞こえて、俺は椅子を倒す勢いで立ち上がった。

もしや俺に何かを言ったのではないかと期待したが──

（……駄目か……）

俺が目の前で手を振ってても、肩を軽く揺さぶってみても春華は一切の反応を示さない。

とすれば、今のはいつもの意味のない呻き声で──

（いや……違う！　ちょっとだけ口が動いて……何か言ってる！）

あまりにもか細くてこの距離でも殆《ほとん》ど聞こえないが……それが意味のある言葉の羅列であるように俺は思えた。

俺は春華の口元にぐっと耳を寄せて、淡い泡沫《ほうまつ》のような言葉を必死で聞き取る。

一体どこでどう精神のスイッチが入ったのかわからないが、これは千載一遇の機会だ。

もしかしたら、こんな症状に陥った原因に近づけるかも──

「……ょうし……にのって……ま……せ……」

言ってる。かなり耳を近づけないと声とすら認識できないほどに小さすぎる声だが、確かに何かを言ってる。

「……しは……こびをうったり…………ません……」

こび……？　何だ？　何を言ってる？

「……しのものを……かってにすてたり……ください……」

まるで壊れたレコーダーが何かの拍子で動き出したかのように、春華は自分の内に漂っていた言葉を再生する。

今口からほんの微かに零れているこの言葉は、現実ではなく精神を蝕《むしば》んでいる何かに向けてのものなのだろう。

「……れは……おいわいに……おとうさまから……れた……」

しかし……それにしても何のことを言っているのかわからない。

疑問符を浮かべ、俺はさらに春華の口へ耳を近づける。

そして――

「たいせつなすまほなんです……だけは……ゆるして……」

――え？

瞬間、俺の背がゾクリと粟立った。

「…………スマホ？」

大切なスマホと、間違いなくそう言っていた。

まだこの時代にないはずの、その通称を。

肌にぶわりと生じた冷たい汗を感じながら、俺は呆然《ぼうぜん》と春華を見る。

だが、もう少女は再び口を閉ざして無表情な人形の状態へと戻っていた。

風貌《ふうぼう》に変わりはないのに、その面持ちは枯れ落ちた花のように生気がない。

……酷い時間を重ねて、生きる気力が根こそぎ奪われてしまったかのように。

（……一体、何が起きてる……？　どうして、春華はそんな単語を……）

ドクンドクンと鳴り響く自分の心臓の鼓動がうるさかった。

自分の脳が冷静さを取り戻していくごとに、今目の前で起こったことの意味を朧気《おぼろげ》ながらも少しずつ理解していき――汗の量はどんどん増えていく。

そして俺は、否応なくその記憶を呼び覚まされる。

前世において、俺が春華の自殺をニュースで知った時のことを。

『紫条院家の令嬢、社内イジメの末に発作的な自殺』

『重度の精神疾患で、家族の呼びかけにも答えられない深刻な状態だった』

『男性社員に媚《こび》を売っていると、同僚の女性社員らが日常的に酷いいじめ』

『大量の仕事の押しつけ、私物の破壊、執拗《しつよう》な罵詈雑言《ばりぞうごん》、時には暴力も』

あの時呆然と眺めるしかなかったあの記事の数々。

目を覆いたくなるような醜悪すぎる事実。

あの時俺の胸に深い傷を残した情報が、事態を集約していく。

——この時代にない単語を発した春華。

——壊れた人形のようになってしまった春華。

——前世で起こらなかったことが今世で起きる。

それらの要素は、あっという間に一本の線へ集約する。

その全てが、ただの一言で説明できてしまう。

普通では起こりえないその現象の名を、俺は最初から知っていたのだ。

「タイム……リープ……」

臓腑《ぞうふ》に冷たいものを感じながら、俺は絞り出すようにその言葉を口にした。

＊

暗雲たちこめる夕方に、パラパラと涙するような雨が降りしきる中——

紫条院家から家までの長い距離を、俺は傘を手に力ない足取りで歩いていた。

「…………」

言葉がない。

思考がまるでまとまらない。

心の中が、真っ黒に塗りつぶされていた。

あの後——俺はお見舞いを切り上げて帰宅する旨を冬泉さんと秋子さんに告げ、その場を後にした。

その際、俺はとてつもなく酷い顔色をしていたようで、紫条院家の女性二人は俺の体調をずいぶんと心配してくれていたが、俺は空元気を見せて何とか誤魔化した。

そうして、俺以外に誰もいない帰り道をうなだれたまま歩いている。

どうしようもない真実に、抗う術《すべ》を見いだせずに。

（多分……俺の仮説は正しい……）

悪夢をフラッシュバックさせたようなあの時の春華の言葉——あれはどう考えても前世で春華が受けていた社内いじめの内容と一致する。

そして駄目押しはスマホという言葉だ。

この時代においてスマートフォンは海外ですでに存在してはいるものの、まだ日本では表舞台に立っていない。なので、その略称が存在している訳もない。

（つまり……今、あのベッドの上にいるのは酷い社内いじめで心を壊してしまった未来の春華だとしか考えられない……）

そう仮定すれば、通常ではあり得ないこの事態の全てが説明できる。

俺と同じように、タイムリープしてきた大人の春華。

天真爛漫《てんしんらんまん》で清廉な心をくだらないクズどもにボロボロにされ、変わり果ててしまったのが、あの姿なのだ。

だがそうだとすれば、どうしても腑《ふ》に落《お》ちないことがある。

（どういうことなんだ……？　今世の未来でも春華は破滅してしまうのか？）

前世において確かに春華は精神を病み、最悪の結末を迎えてしまった。

だが今世の春華は様々な経験を得て目覚ましい成長を遂げており、心の強さや柔軟性の向上はご両親ですら驚くレベルだ。

そしてその成長は、これからも続くだろう。

そんな彼女ならたとえ心を蝕むほどの苦痛と遭遇してしまっても、付き合い方を工夫したり誰かに相談したりして、自分を守ることを考えられるはずだ。

少なくとも、心が壊れるまで真正面から苦痛を受け続けるとは思えない。

（それとも……春華の運命はもう決まっているとでもいうのか？　歴史の強制力のせいで、どうあがいてもあの結末に至ってしまう……？）

壊死したような心を抱え、俺はただ絶望を上塗りするだけの思考を巡らせる。

そう、もう何を考えようとも全ては遅い。

真実がどうであったとしても、状況は変わらない。

未来を待たずして、春華はこの時代に破滅をもたらされたのだから。

「……ざけんな……」

俺が絶対にそうはさせないと誓った、紫条院春華の行き着く『最悪』。

それが具現化してしまった以上、もう春華を救うことなどできはしない。

「ふざけんなあああっ!!」

俺は激昂《げきこう》に任せて傘を地面に叩《たた》きつけ、雨雲が占める暗い空へと絶叫した。

何で……何でそんなことが起きるっ!?

春華は幸せな未来へ進もうとしていたのに、どうして超常現象がわざわざ破滅を運んでくるんだよ!?

「何だよそりゃ……！　全部……全部無駄だったってのかよっ!?　俺がやってきたことも、これから春華を守っていこうと決めたことも何もかも！」

俺は未来を変えたかった。

俺自身のこともちろんそうだが、何よりも紫条院春華という俺の心の中で永遠の宝石となっていた少女を悲劇から救いたかった。

なのに、運命は時を超えてまで春華に破滅を運んできた。

俺が必死に未来を変えようとあがく様を、あざ笑うように。

「タイムリープして人生をやり直しているこの俺に、ルール違反として罰を下すってんならまだいい……！　けど、今この時を生きている春華に何の罪があるって言うんだよ⁉」

雨粒が身体を濡《ぬ》らしていくのも構わずに、俺は感情のままにただ叫んだ。

ただ叫ぶしかできない理不尽を、激情のままに呪う。

（俺には……何もできないのか？　このまま春華が壊れたまま朽ち果てるのをずっと指をくわえて見ていることしかできないのか？）

俺は今世で青春リベンジを始めてから、様々なことと戦ってきた。

所詮《しょせん》凡人に過ぎない俺だが、それでも自分の人生をより良くし、想いを寄せる少女が破滅を迎えないように努力してきたのだ。

だが……今直面している事態に対しては戦う術がない。

俺は……俺は一体何のためにタイムリープしてまでこの時代に戻って――

（……ん……？）

そこで、ふと思考に閃《ひらめ》くものがあり激情がにわかに冷却される。

そうだ。そもそも……俺という存在は何だ？

（俺一人だけがタイムリープしているのなら、まだ神様やら宇宙の神秘やらの気まぐれって線もある……だけど、俺と春華っていう身近な二人がタイムリープしているのなら、そこに法則性や意味……いや、役割がある？）

タイムリープなんて完全に人知を超えた現象であり、そこに意味を見いだそうとすること自体愚かなのかもしれない。

だけど——

春華が未来から破滅をもたらされた今この時に、春華を救いたいと心の底から願うタイムリーパーの俺がいる。

それが、偶然ではなく意図して作り出された状況だとすれば……。

俺は、何かを期待されている？

（それに……本当に未来は不変なのか？）

俺はつい先ほど、今世でどうあがこうとも、前世と同様に春華は精神崩壊してしまう運命なのかと嘆いた。

だが、俺はタイムリープしてきてから今まで、あらゆることに干渉して本来在るべき事象を変えてきた。

つい最近では、巨大企業である千秋楽書店を大改革に導いてしまったりもしたが……そんな大規模な改変を成しても、歴史の強制力なんて未だお目にかかっていない。

もし歴史の強制力なんてないのだと仮定した場合——

社内いじめで精神崩壊した春華は一体どこからやってきた？

「…………」

真っ暗だった俺の脳内に、指先程度の小さな光が灯る。

それは希望と呼ぶにもおこがましいほどに細い線。

ただの希望的観測の末にある願望に過ぎなかった。

だが――

「おい聞け……っ！　俺をタイムリープさせた奴っ!!」

降りしきる雨の中、俺は天へ向かって大声で叫んだ。

「俺は、お前が何者なのか知らない！　神様なのか悪魔なのか宇宙人なのか、そこは正直どうだっていい！　けど今は俺の言葉を聞け！」

周囲に人がいないことが幸いだが、たとえそうでなかったとしても俺はこの頭がイカれたかのような馬鹿な絶叫を止めなかっただろう。

「俺は……春華を救いたい！　どうあっても救いたい！　もしそれがお前の目的に適《かな》うのなら――」

それは、薄《うっす》らとした考えこそあれほぼ衝動的な叫びでしかなかった。

「俺を春華の破滅を阻止できる場所へ連れていけ！　俺がそこに辿《たど》り着《つ》きさえすれば絶対になんとかしてみせる！」

俺の思った通りのことが起こったとしても、事態が好転するのかはまるでわからない。

それでも、一縷《いちる》の望みがあるのであれば何が何でもそこに賭《か》けてみたかった。

「その結果、俺はどうなってもいい！　もう二度と戻ってこられなくても、本来の運命通りにあの夜の会社でもう一度くたばっても構わない！　だから……！」

血の涙を流さんばかりの慟哭《どうこく》を込めて、俺の魂を懸けて訴える。

本当に好きな女の子なんだ。

真っ暗だった俺の人生で永遠に輝き続ける、星のような存在なんだ。

春華が幸せな未来を得られるのなら、俺はどんなことだってやってみせる。

一度死んだ身である俺には、その覚悟がある……！

「頼む……！　あともう一度だけの奇跡を……！　本当の意味で春華を救うチャンスをくれえぇぇぇ！」

想いの丈を叫んだ俺は、濡れたアスファルトに伏して天に願い乞《こ》う。

かつて天上の存在が深く信仰されていた時代に、人々が本気でそうしていたように。

――――答えはない。

そもそも俺の声を聞き入れる『誰か』なんて普通に考えればいる訳がない。

現実は変わらず暗い夕闇に覆われており、暗雲からはただ冷たい雨が降りしきり俺の身体を容赦なく濡らしていく。

だが、その時――

アスファルトを打つ無数の雨音に交ざり、遥《はる》か遠くから何か音が聞こえたような気がした。

古い時計が時を刻むような、カチリという歯車の音が。

＊

「おかえり心一郎……ってちょっ、あなたズブ濡れじゃないの⁉」

「わわ、マジだ⁉　ちょ、傘持っていってなかったの⁉　計画魔の兄貴らしくもないじゃん！」

頭からズボンの裾《すそ》までぐっしょり濡れた俺に、母さんと香奈子が驚いた様子を見せた。

気落ちしている俺を気遣ってか、最近この二人は俺が紫条院家から帰ってくるたびにこうして玄関まで迎えにきてくれるのだ。

「あー……実は途中で傘が風で飛んでっちゃってな。追いかけて拾うまでに結構濡れちゃったんだ」

本当は激昂に任せて傘を地面に叩きつけて、雨天に叫びまくった時に濡れたのだが、そんなことを言うとますます心配させてしまうので適当に誤魔化す。

「まったくもう……ちょっと待ってなさい」

言って、母さんは洗面所からタオルを持ってすぐに戻ってきた。

俺はそれを受け取って、髪や身体からゴシゴシと雨水を拭《ぬぐ》う。

「もう、拭《ふ》き終わったらすぐに着替えてよね！　私はもうおなかペコペコだし！」

「え……もしかして俺が帰ってくるまで夕飯待っていてくれたのか？」

帰りの足取りが重かったせいで、もう今はすっかり夕方だ。

新浜家の夕食は割と早めなので、もう二人とも食べているかと思ったが……。

「もう、そんなの当たり前でしょ？　今、心一郎はとっても苦しい時なんだもの。そういう時こそごはんを家族と一緒に食べることが必要なのよ」

「そーそー！　メッチャ苦しい時に一人でごはん食べると絶対余計なこと考えちゃうじゃん！　ママも私もそんなに薄情じゃないって！」

「…………」

俺を労って優しい笑顔を見せる母さんと香奈子が、ずっと暗雲の中を歩いてきた俺の目にはあまりにも眩《まぶ》しかった。

前世の俺が破壊してしまった新浜家の理想の姿。

元気な母さんと、関係が修復されて気さくに話せるようになった妹。

俺が必死に取り戻した光景が、ぎゅっと胸を締め付ける。

「母さん、香奈子……ありがとうな」

冷え切った身体に、家の温かさが身に染みる。

俺は瞳《ひとみ》から涙が溢《あふ》れそうになっているのをこらえ、大切な家族へと心からの礼を述べた。

＊

食卓には、俺の好きなものばかりが並んでいた。

玉ネギとポテトだけのポテトサラダに、ドミグラスソースがたっぷりかかったハンバーグ、シメジと豆腐の味噌汁《みそしる》に、ほうれん草のおひたし。

このところずっと気落ちしている俺を励まそうとして、母さんは最近俺の好物を優先的に作ってくれている。

温かな食卓に、俺はふとこの時代にタイムリープしてきた直後のことを思い出す。

二度と食べられないと思っていた母さんの手料理を口にした時は、感動のあまりボロボロと涙を流してしまったが……今もまた、料理に込められた母親の優しさについ瞳が潤んでしまう。

「うん、美味《うま》い……本当に美味いよ母さん……」

「ふふっ、良かったわ。このところあんたにごはんを作ってもらうことも多かったし、ちゃんと母親の威厳を見せておかないとね」

茶目っ気を交えて言う母さんに、俺も香奈子も温もりの中で笑った。

辛いことが何もない聖域のような食卓で、無償の愛情を向けてもらえることを奇跡のように感じてしまう。

「ところでその……兄貴、春華ちゃんは今日も……？」

「ああ、ちょっと調子が悪いままだな。相変わらず周囲のことに全然反応してくれないみたいだ」

おずおずと尋ねる香奈子に、俺はなるべくさらりと答えた。

最初、母さんと香奈子は春華の病状に関する話題は俺の前でしない方がいいと考えていたようだが、俺としてはむしろ家族にそのことを話せる方がありがたい。

「その、母さんも香奈子も悪いな……俺ってばあからさまに暗くなって家の空気を悪くしている上に、毎日のように春華の家に行って帰りが遅くなって……」

俺としてはなるべく普段通りに振る舞うように心がけているが、春華があなった傷心のせいで、決して明るい顔はできていないだろう。

以前は俺が母さんの代打として料理や洗濯もそこそこやっていたが、最近は見舞いに時間を取られているせいでほとんどできていない。

「はー？　何言ってんの兄貴？　どんだけ自分を持ち上げちゃうの？」

そんな俺の謝罪に返ってきたのは、香奈子の呆《あき》れたような言葉だった。

「へ……持ち上げ？」

「持ち上げ以外の何ものでもないじゃん！　だって兄貴が大大大好きな春華ちゃんが病気になっちゃったんだよ？　普通の人は心配するし元気がなくなって当たり前なの！　なのに謝るってことは自分を超合金メンタルの超人みたいに思ってるってことでしょ！」

「え……いや……」

ぷんぷんと頬を膨らませて言う香奈子の言葉には、深い優しさがあった。

お前は超人じゃなくて普通の人間なんだから、辛い時には家族を頼るべきで、強がらなくていい——そう言ってくれているのだ。

「そうよ心一郎。あなたは春から毎日のように家事をしてくれたり、どんどんしっかりしていったけど……それでもあなたはまだ子どもなの。大人みたいにやせ我慢する必要なんてないんだから」

「母さん……」

大人のメンタルを持つ俺は、無意識に強くあらねばならないという思考が宿っている。

それを薄々わかっているらしきこの二人は、俺に弱いところを曝《さら》け出《だ》してもいいと言外に言っていた。

辛いことは辛いのだから感情のままに悲しんでいいと、俺に肉体年齢通りの子どもであることを許してくれているのだ。

「……俺、母さんと香奈子の家族でよかったと思うよ」

「ええ……？　ちょっと大袈裟《おおげさ》すぎてキモいって兄貴。いくら何でも心弱りすぎでしょ」

ちょっと引いたような香奈子の言葉に、俺は苦笑した。

ああ、確かにちょっと高校生が言うには少しクサい台詞《せりふ》だったな。

でも、これは今の内にしっかりと言っておかないといけない。

もし俺の想像通りのことが起きるとして、『それ』がいつ起こるのかはわからない。

明日《あした》か明後日《あさって》か、一ヶ月後か一年後なのか。

だがおそらく――起こったが最後、もう二度と俺はここへは戻ってこられないのだから。

＊

常夜灯だけが微かに灯る部屋で、俺はぼんやりと天井を見上げていた。

すでに時刻は深夜であり、母さんも香奈子もすでに寝ているはずだ。

そして俺もまた、いつも通りの時刻にパジャマを着て就寝していた。

時を遡《さかのぼ》ったその日から今日に至るまで、毎日繰り返してきた通りに。

（思えば……俺がタイムリープしてきた時、目を覚ましたのがここだったな……）

あの時はとっくに解体されたはずの実家の自室にいるのだから、大いに混乱したものだ。というか、過労死からの超常現象という凄《すさ》まじいコンボに遭っておいて、よくその日から順応できたものだと思う。

もしかして、俺って自分で思っているよりも図太いんじゃないだろうか？

だが、あの時からこの部屋の様子も大きく変わっている。

ゴチャゴチャと散らかっていたラノベやゲームは整理されているし、机には参考書や大学案内の類いが増え、よそ行きの服も僅《わず》かながら買い揃えている。

部屋は心象を表すと言うが、ただの陰キャ高校生だったこの部屋は、俺の中身の変化を示すかのようにかなり模様が変わったものだ。

この部屋だけじゃなくて、俺の学校生活も家庭環境も前世とは大きく変わった。

理想を叶えようとあれこれ頑張った甲斐《かい》あり、俺の二度目の人生は信じられないほどに鮮やかに彩られていった。

（けど春華があなった途端に何もかもセピア色に見えてしまうんだから、どんだけ俺は春華が好きなんだって話だよな……）

自分に苦笑していると、意識が揺らいでいくのを感じた。

今日は雨の中を歩いたし、疲れているのだろう。

（……結局のところ、俺はどうあがいても春華のことを諦《あきら》められない。人生やり直しで自分の道をどれだけ輝かしいものにしようとも、春華がああなったままの人生なんて耐えられない。それくらい……好きになってしまったんだ)

だから頼む――

(俺に……もう一度だけ奇跡をくれ……)

意識が薄らいでいき、俺は心地好《よ》い眠りの中に落ちていく。

自身を形成するあらゆる境界線が薄らいでいき、全てから解き放たれる。

その最中で――

俺はまたもあの、古い時計の音を聞いた気がした。

＊

それは自分が夢の中にいると認識できている夢――いわゆる明晰夢《めいせきむ》というものだった。

「ちょっ……ええ？」

そのあまりにも奇妙な夢模様に、俺は思わず呻《うめ》いた。

まず、とにかく暗い。

まるで洞窟《どうくつ》の中にでもいるかのように、周囲にはただ漆黒の闇だけがある。

しかもなんだか水の中みたいにフワフワしており、自分の存在すら不安定に感じられた。

(なんだこれ、何も見えな――ん？)

そんな闇の中で、突如目の前を細い光の帯のようなものが横切っていく。

それは、暗黒の空間にただ一つだけ現れた灯火でもあった。

「は、え……？　ミニチュアの……天の川？」

それを表現するのなら、その言葉が最も適切だと思えた。

光の帯かと思ったが、それはよく見ると星屑《ほしくず》のように小さな光の集合であり、左から右へとゆっくりと流れていく。

太さは風になびくリボン程度だが、その全長は両端が遥か彼方《かなた》すぎてとても測ることはできない。

「なんだこのロマンチックなもんは……」

我が夢ながらあまりに異質な光景に目を白黒させつつも、俺はその白く輝く星屑の帯へおずおずと指を触れさせてみる。

すると――

「な……!?」

暗黒の空間は、一瞬の内に太陽の光に照らされた芝生の広場に変わっていた。

生い茂る木々、草花、舞う蝶々《ちょうちょう》、レジャーシートを広げてピクニックする家族連れ、ランニングに勤しむ高齢者、犬の散歩をする主婦――

まるで自分がテレポートしたような状況に大層驚くが……すぐに違和感に気付いた。

（どこかの公園……か？　でも、土や緑の匂いはしないいし、草は風になびいているのに何も感じない……）

まるで映画の中に放り込まれたみたいだ——そう感想を抱いた瞬間、俺は信じられないものに気付いて目を瞠《みは》った。

俺から数メートルほどの近くで、六歳くらいの男の子がとても活発に公園の広場を走り回っていた。

そのあどけない顔は、母さんが大事にしているアルバムで見覚えがあった。

（な……まさかあれって……小さい頃の俺⁉）

よく見れば少し離れたところに若い母さんと亡くなった父さんが立っており、自分たちの子どもを見守りつつその元気の良さを微笑ましそうに見ている。

幼い俺の傍らには俺と同じく笑顔でいっぱいの幼い香奈子もおり、兄妹《きょうだい》は何のわだかまりもなくとても仲良く遊んでいた。

この世の苦しみも何も知らず——ただ無邪気に幸せだけを享受している時間がそこには広がっていた。

「え、消えた……⁉　けど、まさかこれって……」

まるで動画が終了したかのように、周囲は突然に元の真っ暗な空間に戻った。

そして俺は、改めて目の前に流れる立体映像のような天の川に視線を向ける。

どうやら今の過去そのものを覗《のぞ》くような光景は、これに触れたから出てきたらしい。

（……もうちょっと試してみるか）

俺は再び腕を伸ばして、天の川に触れてみる。

すると、やはり周囲の空間は俺の過去を上映した。

小学校の運動会で俺が転んでビリになって、クラスの奴らから気まずそうに顔を背けた時の光景。

中学生デビューを敢行しようとして見事に失敗し、友達ができずに休み時間を寝たふりでやりすごしていた光景。

思春期に突入した香奈子と二人っきりの食卓で、会話の一つもない状況に気まずい思いをしている光景――

「ろ、ろくな思い出がない……！　こうして見ると本当に俺の学生時代って灰色すぎる！」

思い出したくもない過去を追体験させられて大きく気が滅入るが、おかげでこの奇妙な天の川の意味がなんとなくわかってきた。

過去の『光景』には明確な時系列があり、白く光る天の川の上流から下流へと向かっていくほど場面は未来へと進んでいる。

「まさかこの天の川みたいなのが……時間の流れそのものってことなのか？」

今更ながら、俺はこれがただの夢ではないということを悟り始めていた。

ゲームの一場面のようにデザイン性がある光景だが、今は現実から解放された状態であるためか、ごく自然にそれを受け入れられている。

「……あれ？　なんか大きく枝分かれしてる？」

そこで俺は、その事実に気付く。

俺の眼前を横切る天の川はその長さにおいて果てが見えないが……ある箇所で枝分かれして二叉《ふたまた》になっている。

白い光の『本流』と、分岐している青い光の『支流』。

その違いを知りたくて、俺は『支流』である青い光に触れてみる。

すると——そこに映し出されたのは、さっきまでの散々な過去とは打って変わった輝ける日々だった。

俺が春華と一緒に文化祭を巡り、喧噪《けんそう》の中でお互いに笑みを浮かべている光景。

俺と香奈子が揃《そろ》ってジャンボなパフェに挑み、息も絶え絶えになっている光景。

夕焼けに彩られた海で春華や級友たちとバーベキューパーティーを楽しみ、誰もが心から笑っている光景——

（まさか……この『支流』が俺のタイムリープによって作られた新しい流れなのか？）

この天の川が本当に時間の流れを示しているとすれば、一周目の世界は本来の流れ——

言うなれば正史であり、二周目の世界はそこから分岐したパラレルワールドということになるのだろう。

（……思わぬことで俺の憶測が補強されたな）

このファンタジーに過ぎる夢が超常現象の真実を示す一端であるというのであれば、俺の想像でしかなかった仮説もある程度信憑性《しんぴょうせい》を帯びる。

春華を救うために俺が赴かないといけない場所とは——やはりあそこなのだ。

「しかし、結局この夢は何が言いた……おわっ⁉」

俺が手を触れていないにもかかわらず、今度は『光景』が勝手に上映され始めた。

俺が今まで閲覧していた時代よりも、もっと未来の有様が。

「おいおい……よりによってこの頃の光景かよ……」

その空間で繰り広げられる一周目世界の光景に、俺は心からげんなりした声で呟《つぶや》いた。

一言で言うなら、ブラック地獄。

スーツを纏《まと》った社会人である俺が醜悪な会社の奴隷となり、血反吐を吐くような思いを抱いて駆けずり回る光景ばかりが増えていく。

深夜に栄養ドリンクをガブ飲みしての残業。

日常的に行われる上司からの人格否定交じりの罵倒《ばとう》。

生活がすっかり荒れて目の隈《くま》ばかりが濃くなっていく様子。

そして――仕事に追われ、仕事に埋もれた無様な過労死。

あまりにも酷すぎるその終焉《しゅうえん》に、思わず自嘲《じちょう》の笑いすらこみ上げる。

「本当にロクでもないな……学生時代が灰色ならこっちはドブ色としか――」

そこでふと見慣れぬ場所へと『光景』は切り替わり、俺は言葉を失った。

自分の死に様なんて比べものにならないほどに残酷で、目を覆いたくなる惨状がそこにあったからだ。

「春華……」

会社のオフィスらしき場所で俺に背を向けているのは、スーツに身を包んだ大人の春華だと何故か確信できた。

俺の記憶でないためかその映像はかなり解像度が低く、二十代となった春華の姿はあまりよく見えない。

だがそれでも――そこに映る光景は俺の胸を的確に抉《えぐ》ってきた。

ニヤニヤと笑みを浮かべる女子社員たちが、薄暗くなり始めた時間帯に次々と春華の机へ書類を積んでいく。

徹夜してでもやっておけと告げる女たちの顔は、実に楽しそうに歪《ゆが》んでいた。

モニター部が割られたスマホ、汚された膝掛《ひざか》け、破られた手帳などの私物がゴミ箱に捨てられており、春華はそれを泣きながら回収していた。

その背後からは、『床に落ちてたからゴミと間違えちゃった♪』などとゴミと大差ない連中の声が聞こえた。

そんな醜悪な光景がいくつも浮かんだ末に――最後に見たのは紫条院家の悲嘆だった。

何も聞こえず、何も感じない――時間をかけてゆっくりと精神を壊された春華を前に、秋子さんも時宗さんも悲痛な声とともに涙を流し、娘の苦しみを見抜けなかった自分たちを激しく責めていた。

だがそんな両親を前にしても、春華は世界が知覚できなくなってしまったかのように何も反応を示さない。

優しくて天真爛漫《てんしんらんまん》だった紫条院春華という存在は――完全に殺されていた。

（どうして……こんな……）

改めてその光景を見せつけられて、俺は気付けば大粒の涙を零《こぼ》して嗚咽《おえつ》を上げていた。

あまりにもやるせなく、行き場のない感情が胸の内で渦巻く。

どうしてこんなことになる？　どうしてこんなことができる？

他人を傷つけてなぜ笑える？　一体何がそんなに楽しい？

俺の勤めていた会社のクズどもにも散々思ったことだが……どうしてこんな人格が破綻《はたん》したような奴らが、のうのうと生きて息をしているんだ？

（この未来を迎えないために俺はずっと春華の側にいて色々とやってきた……けどどうや

ら、予防じゃなくて直接未来を変えるしか手段がないらしい）

それがどれだけ困難なことでも、他に道がない以上はやるしかない。

そしてそれができるのは、おそらくこの世で俺だけなのだ。

（……ああ……夢が終わるのか……）

不意に、俺は意識が明滅するのを感じた。

どうやら夢の時間は終わり、俺にとっての現実に帰る時間が来たらしい。

（……俺は行かなきゃいけない。もう二度と行きたくなかったあの世界へ。もう一度、大人として戦わないといけない）

そのためのチケットだけは、俺にはどうあっても手が届かない。

だからこそ俺は祈るしかできない。

次に目を覚ました時に――あの懐かしい地獄の中にいますようにと。

＊

覚醒《かくせい》しかけた意識が最初に知覚したのは、まず眩《まぶ》しいということだった。

「うぅ……ん……」

身じろぎすると、擦り切れた部屋着とシワクチャの布団の感触があった。

顎《あご》の下に妙な違和感を覚えてポリポリとかいてみると、指先に何かチクチクしたものが当たってしまう。

そうして俺はゆっくりと目を覚まして、世界を視界に収める。

見上げた天井には、電気が灯ったままの照明が一つ。

ずっと掃除していないそれは埃《ほこり》が溜《た》まっており、電灯カバーには中に入ったゴミにより黒点がポツポツと出来ている。

「…………」

ひどく慣れ親しんだような、逆に長らく無縁だったような——そんな不思議な感覚を覚えながら俺はゆっくりと布団から半身を起こした。

そして——俺は自分が今どこにいるのかを知る。

（…………ああ…………）

その悪夢にも等しい光景を、俺は自分でも意外なほどに静かな気持ちで眺めた。

まず汚い。

俺の寝床の周囲には、あらゆるゴミが溢《あふ》れていた。

クレジットカード会社や保険会社からの各種通知、領収書、レジ袋、お菓子の袋や宅配の段ボールや包装紙など、足の踏み場もないほど散らかっている。

台所にはいくつもの汚れたコップがそのままになっており、空になったコンビニ弁当の容器が山積みだ。

さらに空のペットボトルやドリンク剤の空きビンが乱立しており、ビールやハイボールの空き缶も多い。

そしてそんな散らかり放題の空間を見渡して――俺は寝床のすぐ側のローテーブルに身だしなみ用の手鏡を見つける。

俺は緩慢な動きでそれに手に取り、震えるような躊躇《ちゅうちょ》を経てゆっくりと覗き込む。

「……ッ……よう、久しぶり」

そこに映っていたのは、若々しい高校生の俺ではなかった。

酷く疲れた果てた顔にはクマがうっすらと浮かび、さっき指先に感じたチクチクの元である無精髭《ぶしょうひげ》もある。

精神も肉体も酷く疲れ果てた――社会の荒波に揉《も》まれた男の顔がそこにあった。

「……二度目のタイムリープ、か」

俺以外誰もいない孤独極まるゴミ溜めの中で、俺は自分の認識にとどめを刺すように呟いた。

三章　懐かしき地獄で、ただ決意だけを胸に

「はは……改めて見ると酷い部屋だな……」

俺はまるで掃除できていないアパートの部屋を改めて見渡し、自嘲気味に呟いた。

それは、自分の胸に渦巻いているものを必死に誤魔化すべく出てきた台詞《せりふ》でもあった。

(戻ってきちまった……この地獄みたいな未来へ……)

これはもはや夢ではない。

あの末期の時と同じようにタイムリープした結果、俺は理想的な二周目人生から追放されて今ここにいるのだ。

(もう二度と……あそこには戻れないかもしれない……)

そう考えるだけで涙が滲《にじ》み、全身の震えが止まらなくなる。

極寒の夜空に一人放り出されたかのように、底なしの恐怖と絶望がこみ上げる。

だが、それでも――

(これでいい……これこそが、俺の望んだことなんだ……)

俺はともすれば嗚咽を漏らしそうになっている口を固く閉じ、枕元に転がる携帯電話に目を向けた。

何十年ぶりかのような懐かしさすら感じる、スマートフォン。

そのつるりとした手触りを感じながら、カレンダーアプリを操作する。

（頼む……これが違っていたら何もかも意味がない……）

祈るような気持ちで画面を覗《のぞ》き込むと、本日の日付が目に飛び込んできた。

そこに表示された日付は――俺が三十歳で死ぬ五年前。

『今』は俺が二十五歳である時代なのだと、そう告げていた。

「よし……！」

最重要な点がクリアされていることに、俺は喝采《かっさい》を上げた。

春華《はるか》が精神崩壊し、数ヶ月後に発作的な自殺を遂げてしまったのは二十七歳の時。

つまり『今』は、春華の精神が限界を迎える二年前の時代なのだ。

（いや、落ち着け……時代はそうでも、ここが本当に俺が知る未来かは確定じゃないな。まあ、俺がこの社畜スタイルな生活している時点でほぼ決まりだけどさ）

しかしそれをどうやって確認したら……と考えて、すぐに解決法は浮かんだ。

スマホの連絡先を検索し、俺がこの時代で唯一気軽に話せる相手へと通話ボタンを押す。

現在時刻は木曜日の夜十時だが……まああいつなら大丈夫だろう。

『おいおい……こんな時間にどうしたんだよ新浜《にいはま》』

電話口から聞こえてくる高校時代からの友人――山平銀次《やまひらぎんじ》の声に、俺は奇妙な安堵《あんど》と懐かしさを味わっていた。

どの時代でも俺と友達でいてくれるお前には、感謝しかないよ。

「……久しぶりだな、銀次」

『はぁ？　何言ってんだよお前、この間二人で職場の悪口を言いながら飲んだばっかじゃねーか』

「ああ、そうだったか？　ま、いいや。ちょっとお前に聞きたいことがあってさ」

さて、何から聞けば……うん、そうだな。

イベントのことなら記憶に残っているはずだよな。

「高校二年生の文化祭って、俺らのクラスは何やったっけ？」

『はぁ⁉　夜の十時に聞かなきゃならんことかよそれ⁉　あん時は全然出し物が決まらなくて手抜きな展示になっただろうが！』

文句を言いながらもキッチリ答えてくれる銀次の人の良さに、何とも癒やされる。

こいつと高校卒業後も縁を保っていて本当に良かった……。

「そっか、じゃあ高校二年生で俺が急に活動的になって、紫条院《しじょういん》さんと仲良くなったってこともないんだな？　俺とお前と女子三人で海に行ったりもしてないよな？」

『お前は高校卒業までずーっと俺と一緒にクラスの片隅で細々と過ごしてたし、そんなギャルゲーみたいなイベントは起きてねぇよ！　さっきから一体どうした⁉　寝ぼけてるにもほどがあるっての！』

寝ぼけているという単語に、思わず苦笑してしまう。

ああ、そうだな銀次。

俺がタイムリープして二度目の高校生活を送っていたなんて、普通に考えれば寂しい男が夢に見た願望でしかない。

けど、それでも――俺があそこで触れたものや感じたものは、決して嘘じゃないのだと、俺は確信しているんだ。

「はは、悪い悪い。ちょっと酒を飲み過ぎてアホになってたみたいだ。これから酔いを覚まして早めに寝るよ」

『新浜お前……本当に大丈夫か？　なあ、俺には愚痴を聞くことくらいしかできないけど……辛くなったらいつでも言えよ？』

「……ありがとう銀次。遅い時間に悪かったな。ああうん、それじゃまた今度な」

通話を終了させ、俺はあまり綺麗《きれい》ではない自宅の天井を仰いだ。

どうやら大人の銀次には、要らない心配をさせてしまったようだ。

「やっぱりここは俺がタイムリープで干渉していない本来の時間の流れ……俺が過労死す

る未来に繋《つな》がる『一周目世界』か」

あのファンタジー全開な夢を見た後だと、ここがタイムリープによって分岐したあの世界——二周目世界の未来という可能性も頭によぎったが、さっきの銀次の証言でそれは崩れた。

「なら、全部の条件は整っている。この世界のこの時代ならまだ……春華を破滅から救うことができる……！」

心を壊した未来の自分がタイムリープしてきたことにより、精神崩壊してしまった十七歳の春華。それを元に戻す方法として俺が唯一考えついた対抗策がこれだった。

超常現象には超常現象で対抗する——つまり、タイムリープによる時間改変だ。

とはいえ、理屈としてはそう難しくない。

未来が絶対不変でないとすれば、二周目世界で高校生の春華に宿った精神崩壊状態の春華はどこからやってきたのか——それは他ならぬ『ここ』だ。

俺が前世と呼んでいた一周目世界に他ならない。

つまり二周目世界の高校生である春華は、一周目世界の大人春華から破滅を『受信』しているとも言える。

であるならば——

（一周目世界の大人春華がそもそも破滅を迎えなければ……二周目世界の春華がその影響

を受けることもなくなる……！）

とはいえ、それはあくまで可能性であり、何の確証もないことだった。

仮定に仮定を重ねたか細い糸であり、ただの希望的観測とすら言える。

そもそも、この案は不確定要素があまりにも多すぎる。

まず第一の問題として俺の祈りに応えてタイムリープが発生したとして、春華が破滅するより以前の時代へ都合良くタイムリープできるとは限らない。

これは何とかクリアしたが、その時点でもう賭《か》けだったのだ。

さらにこの時代で大人の春華の精神崩壊を防げたとしても、その結果としてただ分岐した未来を一つ作るだけで終わり、あの高校生の春華は救われないかもしれない。

そしてとどめに、全て上手くいったとしても、俺があの二周目世界に戻れる保証なんて欠片《かけら》もない。

要するに、時間改変にまつわるルールが何一つわかっていない以上、真っ暗な海に海図もなく船出するようなヤケクソすぎる賭けでしかないのだ。

（だけど、もうこれしかなかった。ＳＦの主人公じみた真似をするしか、俺には春華を救う方法を思いつかなかった……）

だから俺はいるかもわからないタイムリープの根源に呼びかけて、まだ春華が精神崩壊を起こしていない時代へやってきたのだ。

「それでも……やってやる……」

二度目のタイムリープを果たした結果がどうなるかなんてわからない。

だが俺は、石に齧《かじ》り付いてでも果たすべき誓いを口にする。

紫条院春華という存在を救う——そのために俺はここにいる。

この場で目を覚ましてから、俺の臓腑《ぞうふ》は不安と恐怖で擦り切れそうな痛みにずっと苛《さいな》まれている。

だが同時に、それを振り切るほどの決意と熱量が俺の胸に渦巻いているのも確かだった。

「春華を救うためなら、俺はどこまでだって前に進んでやる……！」

ゴミ溜《た》めに等しい部屋で、俺はこれから打破すべき運命へ向かって叫んだ。

＊

時刻は明朝。

俺は久しぶりに髭《ひげ》を剃《そ》って洗顔し、忘れかけていた出勤ルーティンをこなした。

シャツに袖《そで》を通し、スラックスをはいてベルトを締め、ネクタイを締める。

そのどこからどう見ても社会人でしかない格好に、また大人になってしまったなと自分の姿に苦笑する。

　ただ……あの最後の時を迎えた三十歳の頃とは比べものにならないくらいに、二十五歳であるこの身体の調子はいい。

（白髪も抜け毛もない……死ぬ間際にはあちこち問題があった内臓もまだ綺麗なもんか）

　この頃はとにかく社会人をこなすのに必死で、この苦労を乗り切れば幸福が待っているという根拠のない夢想を抱いていた。

　馬車馬のように働いた結果が、母さんの急死と妹との絶縁、そして自身は会社に殺されるという最悪の結末を招くとも知らずに。

（さて……じゃあ行くか、俺が二十五歳である今この時の日常へ）

　アパート三階の自宅玄関ドアを開くと、早朝の冷たい風と穏やかな陽光が俺を迎えてくれた。

　それは、何千回と見た朝の通勤風景だったが――

（……はは、通行人たちがスマホを持っているのを見ると、未来に戻ってきたって感じがするな……）

　二周目の世界――俺が高校生だった時代は、ガラケーが主流であるために道を歩きながら携帯をいじる人の数は少なかった。

　だが今は、道を歩きながらもスマホを手放さない人々こそが時代を跳躍した確かな証拠となっていた。

良くも悪くも一人で生きるためのコンテンツが揃《そろ》っており、リアルの繋がりが薄まった時代とも言える。

(まずは……俺が殺されたあの場所へ。何をするにしてもそれから始めないといけない)

アパートの階段を降りて街ゆく人々の一部となり、俺はこの世界へと足を踏み出した。

俺が社畜をやっている一周目世界——俺が三十歳で死ぬ五年前の世界へ。

胸に抱くのは、俺の全存在を懸けてでも果たすべき使命。

頭に思い描くのは、狂おしいほどに愛おしい少女の笑顔。

たったそれだけを武器に、俺は何もかも不確定な道を歩み出す。

＊

満員電車は、仕事へ向かう勤め人たちで溢《あふ》れていた。

押し寿司のようにぎゅっと詰まった車内の誰もが、朝の陰鬱《いんうつ》さで表情を無にしている。

早朝の爽《さわ》やかさとは裏腹に、ただ疲れた大人たちの倦怠《けんたい》感だけが満ちていた。

無言の勤め人たちを乗せて走る電車の外に広がっているのは俺の実家からもさほど遠くない都市部だが——その姿はあの十六歳の時代とは明らかに違う。

(やっぱり全然景色が違うな……十六歳の時代にはなかった新しいビルがいくつもあるし、

お店とかもかなり入れ替わってる……)

ちらりと見えた街頭テレビでは、昨年に実施された消費税八%への引き上げの影響や、中東で勢力を拡大している過激派武装組織のニュースが報じられており、なんとも時代を感じる。

(はは……泣きたくなるくらいに生々しい二十五歳の朝だ……)

隣に立っているオッサンはタバコ臭いし、斜め前のおばちゃんのキツい香水も鼻を刺す。

キラキラと輝いていたあの十六歳の世界と比べると、否応なしに自分が大人に戻ってしまったと自覚させられる。

(しかしまあ、俺の主観じゃつい昨日まで高校生をやっていたのに、今はスーツ姿で満員電車か。過去と未来をこうもあっさり移動すると、流石に頭がおかしくなりそうだ……)

自分が今いるのは現実なのか夢なのか、そもそも己の存在すら何もかも嘘なのではないかという疑念が頭をよぎる。

三十歳で迎えた最悪の死だけが現実で、その後に高校生時代へタイムリープしてやり直していた青春も、こうして今度は二十五歳として出勤風景の中にいるのも、全ては長い夢なのではないだろうか――

(いいや、違う……それだけはありえない……)

二回目のタイムリープという正気を失いかねない状況の中で、俺はそれを強く否定した。

あの二周目世界で、生きている元気な母さんと再会できた。

すれ違ったまま終わった香奈子《かなこ》と、笑い合えるようになった。

そして、向日葵《ひまわり》みたいに笑う春華と一緒に色鮮やかな日々を過ごせた。

あの黄金の日常は全てが光り輝いており、俺はその眩《まばゆ》さに何度も涙ぐんで歓喜に震えた。

(あんなものは知らなかった。あんなものは俺の人生になかった。あの太陽みたいに燦々《さんさん》と輝く日々は……俺の安っぽい妄想からじゃ生まれようがない)

人生で終《つい》ぞ知らなかった輝きだからこそ、あれは生々しい現実だったのだと断言できる。

だからこそ、あの綺羅星《きらぼし》のように美しい日々を俺は守る。

この時代で、成すべきことを成すことで。

(気合いを入れろ俺……。成すべきことは本当に仮定だらけで何一つ確証がないけど……

それでも全くあてがない訳じゃない)

それこそが俺の心を支えるか細い理論だった。

(タ、イ、ム、リ、ー、プ、の、根、源、は、俺、に、何、か、を、さ、せ、た、が、っ、て、い、る……)

まず俺が三十歳から高校時代へタイムリープし、次に高校生の春華にも大人の春華がタイムリープしてきた。

これを偶然と片付けるのはかなり苦しい。

決定的なのは、神の所業にも等しいタイムリープが俺の祈り一つで起こったことだ。

俺の願いを聞き届けて、ぴったりとこちらの目論見通りにこの時代へと送る――すなわち俺という存在を観測している存在がいるということだ。

このことから推察できるのは――

（……タイムリープの発動は偶然じゃなくて何者かの意思か法則性がある。とすれば、全ての時間移動には意味があって、俺には何らかの役割があるはずなんだ）

それが何かはわからない。

全てのタイムリープが意図的なものだとすれば、仕掛け人である神様だか宇宙人だかは一体何がしたいのか見当もつかない。

（俺に二度目の人生を与えたかと思えば春華にはわざわざ破滅を運んで、それを救いたいという俺の願いには応える……本当に何をしたいのかサッパリだ）

だが、現状だけを言うのであれば、俺は時空から後押しされている。

時間改変というとてつもないことを企んでいるのに、だ。

（せいぜい安心材料なんてそれくらいしかないけど……やることは変わらない。俺は春華を救うまでこの時代を走り抜いてみせる……！）

まあ、ともあれ――まずは足場の確保だ。

まずは俺を殺した社畜という生き方にケジメをつけないといけない。

だから俺は向かっている。

俺にとっての地獄。

二度と足を踏み入れることはないと思っていたその場所に。

＊

都市部の隅に、ひっそりとその社屋はあった。

さほど大きくもないビルで、あちこちに走った壁のヒビやシミが放置されている様は、まさにこの会社の内情を表している。

（もう一度ここに来ることになるなんてな……）

株式会社真黒商事。

俺が高校卒業後から勤め続けた会社で、あらゆるブラック要素を鍋《なべ》にぶちこんで煮詰めたような邪悪の坩堝《るつぼ》だ。

（……思ったより冷静だな、俺）

俺の人生を完膚なきまでに破壊した、忌まわしき地獄。

その入口に再び立てば、トラウマがフラッシュバックして過呼吸くらい起こすかもと思っていたが……何故か何も感じない。

かつては、この社屋を視界に入れるだけで嘔吐《おうと》感すら覚えていたのに――

（ま、俺にとっては好都合だ。それじゃ久しぶりの出社といくか）

会社の入口を通って、ヤニ臭い屋内へ。

タイムカード――会社の指示により、残業をする時でも退勤時間は必ず定時にする必要がある――を押して自分のデスクではなくとある部署を目指す。

途中で見知った顔の同僚たちとすれ違うが、殆《ほとん》ど感慨はなかった。

やはり彼らも一様に疲れた顔をしており、談笑するような明るい雰囲気は皆無だ。

（離職率が高すぎて誰も彼も仲良くなれる前に退職しちゃうからな……正直どの同僚の顔を見ても記憶が薄い……）

「おい田中ぁ！　おまえ例の企画書まだ出来てねえのかよ！　昨日の内にやっておけって言ったろうが！」

「す、すみません！　け、けど、その前に指示されていた御剣《みつるぎ》商事への見積書を昨日は泊まり込みで作ってまして……！　どうしても時間が……」

「夜にのうのうと寝ているからだよボケ！　社会人なら徹夜くらいしないでどうすんだっての！　ったくホントに使えねえな！」

ふと通りがかった課では朝っぱらからヒステリックな怒鳴り声が響いており、若手の男性が泣きそうな顔でペコペコしている。

そしてこれは特に珍しい光景ではなく、ちょっと耳を澄ますだけで聞こえるほど社内のあちこちから汚い怒声が響き渡っているのだ。

(管理職クラスが一人残らず無能で、部下にばっかり働かせて自分たちは息をするように人格否定級のパワハラ……改めて見るとこれが日常ってすげえなここ。企業倫理・社内規範《コンプライアンス》のコの字もねえや)

なお、優秀な奴が入ってきた場合、管理職たちは自分らの地位を守るため特にあからさまないじめを行い、早々に追い出したりもしていた。

当然そんなことを続ければ優秀な人材が入ってこなくなって業績がどんどん悪化するのだが——そこで必要となるのが社畜だ。

俺のような気が弱くてパワハラに弱い奴を恐怖で縛り付け、残業代ゼロのただ働きマシーンとして何人も確保する。そんな奴隷農園もかくやのコストカット術でこの会社は生き残ってきたのである。

(……本当に、何でこんな所に居続けたんだろうな俺……)

自分自身に対しての深い呆《あき》れを覚えながら、俺は薄汚れた廊下を歩く。

周囲に広がる変わらぬ地獄を、もう自分には関係ない他人事《ひとごと》として眺めながら。

＊

自分のデスクに辿《たど》り着《つ》いた時、脳裏をよぎったのはやはり血反吐を吐くような忌まわしき記憶だけだった。

数え切れないほどに怒鳴られて、気が遠くなるほどの仕事をこなした自分の席。

来る日も来る日もこの小さな牢獄《ろうごく》で人権を失ったかのように労役をこなしていたのは、今思えばやはり正気の沙汰《さた》ではない。

(ま、いいさもう。俺の人生を蝕《むしば》んだこの場所とも、これでようやく本当に縁が切れるんだからな)

出社してすでに二時間が経過しているが、その間に俺はこのデスクで当時の仕事をしていた訳では断じてない。

ただ、この時代で行動するに当たってまず最初のケジメをつけにきただけだ。

「おい新浜ぁっ！　お前どういうつもりだおいっ!!」

概ね目的の作業が終わった段階で、俺のデスクへと一人の中年男が殴り込むような勢いでやってきた。

「課長……」

でっぷりと太った肥満の五十代で、クズ揃《ぞろ》いの管理職の中でも特に醜悪な心根の持ち主である。

入社して以来の恐怖の象徴であり、こいつが課す無茶苦茶な量の仕事や毎日のように浴びせられる罵倒《ばとう》は、確実に俺の生気を磨り減らした。

俺を過労死に追い込んだ男と呼んでも過言ではない。

（そういや、二周目の文化祭の後、うたた寝してこいつの夢みちゃったな……）

あの時は二周目人生自体が夢だったのかと絶望の淵《ふち》に沈んでしまったが、それもこいつの顔が俺の社畜人生を表すアイコンとして強烈だったからである。

まあ、あの時は積年の恨みを晴らそうと夢の中でボコボコにしたので多少はすっきりしたが……。

「どうしたんですか課長？　朝からカッカして」

「どうしたんですかじゃねえよ！　一体どういうことだよこれはっ⁉」

課長が俺の机に叩《たた》きつけてきたのは、一枚の封筒だ。

表面にとてもわかりやすく『退職願』と書いてあるそれは、俺が朝一で人事担当に提出したものだった。

「ええ、そろそろ課長にもお話しするつもりだったんですが、ひとまず事務処理として必要書類を提出させてもらいました。健康状態の著しい悪化や残業代が支払われない待遇への不満から、このたび退職を決意しましたので」

「はぁ……？」

俺が淡々と告げると、課長はまるで物言わぬ家畜がしゃべり出したかのように呆《ほう》けた顔を見せた。

「引き継ぎについては、完全なマニュアルを共有フォルダに入れておいたので、後任の人にはそれを参考にするように言ってください。その他の諸々についても、ついさっき各方面にメールした所です」

この会社には業務マニュアルなんて上等なものはなく、おまけに各個人で定めているローカルルールも多々ある。

そういう理由から、俺は細かな手順まできっちり記した完全マニュアルを常日頃から作成しており、それはそのまま最新版の引継書として機能するのだ。

「あと、今日から溜《た》まっていた有給休暇を全部使います。退職日がいつになるかわかりませんが、そういう訳でもう出勤することはありません。これまでお世話になりました」

今から行動の自由を得るという意味でも、そもそもこんな会社に一秒でもいてはいけないという意味でも、退職は必須《ひっす》のことである。

俺の人生において、本当はもっと早くやらないといけないことだったんだ。

「ふ……ふざけんなああああああああああ!!　辞めるだと!?　そんなことが許されると思ってんのか、あぁ!?　ぶっ殺されてぇのかお前！」

予想していたことではあったが、肥満課長は口から泡を吹く勢いでブチキレた。

今にも血管が切れそうなほどに興奮しており、そのまくたばってしまえばいいのに、という感想をぼんやりと思い浮かべる。

「そもそも、てめえみたいなグズがウチを出てやっていける訳ねぇだろ！　ウチが優しい会社だから無能なお前を雇ってやってんのに何を勘違いしてやがるんだっ⁉」

朝から巻き起こった騒ぎに同僚たちが周囲に集まってきていたが、彼らは課長の言葉に深く頷《うなず》く奴か、上司の剣幕に震える者に二分されていた。

まともな会社なら懲戒モノの発言を、結果として誰も咎《とが》めない。

「ご心配頂いて恐縮ですが、俺は退職の意志を変えません。今後のことはさておき、まずは身体と心を壊すこの職場から早く離脱したいからです」

「な、なにぃ……？」

俺が事務的に言葉を返すと、課長は勢いが削がれたような困惑を浮かべた。

（ん？　……ああ、なるほど。いつもならそうやって怒鳴れば俺は恐怖で金縛りになっていたもんな。冷静に言い返してくるなんてこいつにとっちゃ全くの予想外か）

確かにかつての俺であれば、恐怖に支配されて反抗なんてできなかっただろう。

とにかく毎日が怖くて辛くて――どんなに大事なことでも自分の心が傷つきそうなことからは全て逃げていたのだ。

（ずっと退職できなかった理由も主にそこだけど……不思議だな。あんなに怖くてたまらなかった課長に怒鳴られても、欠片《かけら》も恐怖を感じない）

それは、間違いなくあの二周目世界でもう一度人生を歩き直したおかげだ。

抱えきれないほどの後悔を胸に抱いて過去に戻った俺は、その想いから何事も恐れることなく戦いを挑んだ。

そうして、様々なものを得ていく中で俺は自然と悟ったのだ。

社畜として生きて死んだ自分の人生が……どれだけ馬鹿げていたのかを。

（二周目世界ではスクールカーストを気にしすぎていた高校時代の自分をアホらしく思ったけど……今となっちゃこんなクソ上司のいいなりになっていた自分も本当に馬鹿だったなって感想しか浮かばないな）

感慨にふけっていた意識を戻すと、目の前にいる課長はこの上なく激昂《げきこう》していた。

「舐《な》めてんじゃねえぞ新浜ああああっ!!　誰がここを辞めるなんて許すかよ！　申請を受理しなきゃお前は退職できねえし、休暇だって当然却下だ！　この俺の前で舐め腐ったことを言いやがって……てめえ覚悟は出来てるんだろうなぁ!?」

「いえ、そういうの付き合ってられないんで」

クスリでもキメてるのかと思うほどに唾《つば》を飛ばして喚《わめ》く肥満上司に、俺は心底ウンザリした言葉を投げつける。

すると、目を丸くした課長のみならず、周囲の奴らも驚愕《きょうがく》した顔で絶句する。

「退職も有給も労働者の権利で、会社がそれを拒めないことは知ってて言ってるんでしょそれ？　有給は申請した証拠を残してますし、退職願も後で内容証明で送るから受け取ってないってゴネるのも無駄ですから。それでも俺の退職を認めないんだったら……労基でも何でも行きましょうか。まあ、そうなったら会社として色々とマズイことが見つかりそうですけど」

「お、まえ……おまえええええええええええぇぇぇぇぇっ‼　何を訳わかんねえこと言ってやがんだクズが……‼　お前はここでくたばるまで働くんだよっ！　そこから逃げるなんてあり得ていい訳が……！」

「いい加減うっせえよボケッ‼」

いよいよ怪物に取り憑《とっ》かれたかのように顔を真っ赤に染めた課長に、俺は部署全体に響き渡るような大きな声で一喝した。

すると、笑えることに課長も周囲の奴らも馬鹿みたいに呆けた顔で硬直していた。

俺がこんな声を出すのは、よほどあり得ないことだったらしい。

「こっちはもうお前のそのアホみたいなキャンキャン声は聞き飽きたんだよ！　怒鳴り声ばかりがデカいクズ上司の見本みたいな奴がいつも偉そうにしやがって！　お前のような人間のクズと付き合うのがこりごりだから辞めるんだって、言わなきゃわかんねぇか⁉」

「な、な……！」

かつて文化祭でこいつを夢に見た時は、夢と知っていたからこそ遠慮なくこのクソ上司を糾弾できた。

だが今はここが紛れもないリアルだと知ってなお、俺は躊躇《ためら》うことなく自分の怒りをこいつへ叩きつけていた。

あの二周目世界において人生で最も大切なことを学び直した俺にとって、もはやこの目の前の愚物には毛ほどの怖れも感じない。

「ふう、それじゃそういうことで、俺はこれで失礼しますよ。あんたはそこで一生チンピラみたいに叫んでいればいいんじゃないですか？　人生が空っぽすぎて部下に怒鳴ることくらいでしか自尊心を保てない五十代って、本当に憐《あわ》れだと思いますよ」

「〜〜〜〜っ！」

いよいよ怒りが過ぎて言語を発することすらできなくなった課長が、身を震わせながら全身を怒りの朱に染めていた。

だがそんなものは、もはや何の関心もない。

「退職日の希望はメールで書いておきましたんで承諾の連絡をお願いしますよ。それじゃ、さっき言った通り今日から休暇ですのでお先に失礼します」

言って、俺はカバンを手にその場を後にする。

周囲の奴らからはおおむね呆気《あっけ》にとられたような視線が向けられるが、もう俺には関係のないことだ。

そうして、俺が過労死するまで延々と踏ん切りがつかなかった退職手続きの大半は、たった一日で呆気なく終了したのだった。

＊

お昼すぎのオフィス街。

落ち着いた雰囲気のコーヒーチェーン店で、俺はカフェラテを飲んでいた。

（辞められたな……本当にあっさりと……）

退職の手続きは完全には終わっていないが、法的に言えば俺が退職の意思を伝えたのなら会社側はそれを拒否することはできない。

つまり……この時点で俺の退職はほぼ成っている。

これでまだ会社側がごねるのなら、しかるべき手段に訴えればいいだけだ。

（前世では……なんでたったこれだけのことができなかったんだろうな）

社会人になってしばらくすれば、自分の会社が異常だなんてことは気付いた。

けれど、現状を変える労力が辛くて恐ろしいという理由で、俺は退職という最もシンプルかつ効果的な解決法を実行に移せなかった。

自分自身で動くのが辛いのなら、退職代行サービスを頼るなど手はいくらでもあっただろうに――

「さて……」

自分自身に呆《あき》れる時間を切り上げて、俺は固い面持ちでスマホを取り出す。

どうしても連絡しないといけないところがあるからだ。

「確かこの頃のあいつは在宅ワークがメインだったたし、多分いるよな……」

表示させた連絡先の登録名は――『実家』。

ただその二文字を見るだけで、胃が鉛を呑《の》んだように重くなる。

全身に冷たい汗が流れて、胸が切り裂かれるような罪悪感に襲われる。

だがそれでも、この世界に戻ってきたからには俺は自分の過ちを止めなければならない。

そう決意して電話をコールし――すぐに通話に切り替わった。

『…………何の用？』

「……香奈子……」

スマホの向こうから響く成人した妹の声は、侮蔑《ぶべつ》に満ちていた。

だがそれも当然すぎることだった。

俺が高校卒業後に就職して以降、母さんは擦り切れていく俺を心配しすぎて体調を崩すようになった。

そんな母さんを放っておけず、香奈子は就職後も実家に住んでおり……その苦しみをずっと目の当たりにし続けてきたのだ。

（……香奈子は俺にブラック企業を辞めるように何度も説得してきた。そうすれば、俺の人生も壊れずに済むし、母さんの心労も消えて何もかも良くなるからって……本当にその通りだ）

だが、仕事を辞める勇気がなかった俺は、その話をはぐらかし続けた。

香奈子からすれば、俺は自分の人生と母親の心身が崩壊していくのを看過している理解し難い最悪な兄貴でしかない。

『平日になんなの？　ママなら留守だし、もう切るよ。私は正直、あんたの声を聞くだけで――』

「俺、会社を辞めた」

『え……』

俺がそう告げると、スマホの向こうで香奈子が息を呑んだ気配がした。

「本当に今更だけど……俺、ようやく気付けたんだ。地獄みたいな職場で自分の人生を捨て値で売り続けて、母さんに心配ばかりかけて……今までの自分が、本当に信じられないくらいに馬鹿だったたって」

『……あん、た……』

どれだけ説得しても闇から抜け出す努力をしなかった兄の突然の変節に、香奈子の声には少なからず驚きが混じっていた。

「今度実家に帰ってちゃんと言うけど……今すぐお前と母さんには報告するべきだと思って電話した。今まで……すまなかった、香奈子」

『…………なによ、それ……なんで……』

　報告と謝罪が終わると、香奈子は感情が複雑に乱れた声を漏らした。

『なんでもっとさっさとそうしてくれなかったの!?　あれだけ人が説得しても絶対に動かなかったのに、今さら気まぐれみたいに……！』

　積もった怒りに火がついたように、香奈子は俺を糾弾する。

　それは、本当に当たり前の憤怒だった。

『あんたが就職してから今までの七年間、ブラック漬けになったあんたをママがどれだけ心配していたか知ってるでしょ!?　なんなの、本当に今ごろになって……！』

　嗚咽《おえつ》と涙声が滲《にじ》む香奈子の言葉を、俺は黙って受け止める。

　そうすることしか、俺にはできない。

『…………本当に……辞めたの……？』

「ああ、もう退職願は出したし、会社側の引き留めも突っぱねた」

『そう……』

　先ほどまでの怒声と一転して、香奈子の声には深い疲れがあった。

『そっか、なら……これでやっと、最悪じゃなくなるんだ……』

「……っ」

その安堵《あんど》の声こそ、俺への最大の罰だった。

俺は一周目の未来において新浜家を『最悪』へと導いた。

大人の香奈子はあの結末を避けられるようずっと祈っていた——それを知ることで、罪悪感はより大きく俺の胸を抉《えぐ》る。

『……あんたのことを許した訳じゃない。でも……ようやく動いたことだけはプラスに考えておく。お願いだから、もうこれからはママを心配させないで……』

「ああ、もう家族を悲しませるようなことは絶対にしない。……お前と母さんにはどれだけ詫《わ》びても足らないけど、どうか今度またちゃんと話をさせてくれ。俺たち家族三人でさ」

『………うん、そうして。そうすれば、きっとママは喜ぶから』

「わかった。それじゃまた連絡する。本当に……悪かった」

重荷を下ろしたような香奈子の声を聞き、俺は通話を終了させた。

(……自業自得でしかないけど……抉られるな)

コーヒーの香りが満ちる店内で、俺はスマホを眺めながら胸中で呟《つぶや》く。

俺が本来辿《たど》るはずだった過労死と、新浜家が崩壊するという未来。

それは不可避でもなんでもなく、俺がちょっと勇気を出せば余裕で解決したものであると――自分で証明してしまったのだ。

一周目の自分がどれだけ愚かしい男だったのかをこの上なく思い知らされて、心に何本ものナイフが突き刺さった気分だった。

「……けど、ひとまず終わったな。本命前に、最低限片付けておかないといけないことは」

胸にわだかまる罪の意識に苛《さいな》まれながらも、俺は小さな声で呟いた。

この一周目世界に戻ってまず片付けなければいけなかったのが、あのクソ極まるブラック企業から脱出して香奈子と母さんの悲しみを止めることだった。

これで心おきなく、この一周目世界で果たさなければならない本来の目的に取りかかることができる。

「さて、じゃあ……いくとしますか」

俺はスマホを操作し、ガラケーとは次元違いの利便性を噛《か》みしめながら地図アプリを呼び出す。

そこに入れる検索ワードは……俺がかつて週刊誌やネットニュースで散々見た会社の名前だ。

四章 ◀ 大人になった君に会う

時は夕方。

帰宅するサラリーマンたちが多くなってくるその時間帯に、俺は街の中心部近くのとある場所に立っていた。

(いよいよか……くそ、流石に緊張するな)

ようやく『本題』に取りかかると決めてから、俺の心臓は高鳴りっぱなしだ。

なにせ、これに失敗してしまえば全ては終わりなのだ。

(……俺がしくじれば二周目世界の春華《はるか》はずっとあのままだ。そして、この一周目世界の春華もいずれいじめに耐えかねて同じ状態になる)

のしかかる責任に、今まで生きてきた中で最大の重圧が降りかかってくる。

どんなに酷い目に遭っても受け身のままでいた陰キャの俺に、このミッションはあまりにも過酷すぎる。

(けど、そんなの関係ない……ハードルの高さ程度で誰が引き下がるかよ)

俺は元々根暗で意志薄弱などこにでもいる弱い男だ。

だが、今この胸には万難を排して目的を遂げるという確固たる想いがある。

その想いを支えているものの一つが、無残だった一周目人生への狂おしい後悔だ。

もう二度とあんな想いはしない。

今忍び寄る最悪の結末を何がなんでも叩《たた》き潰《つぶ》す——そんな想いがある。

（そして、今はそれだけじゃない……）

思い起こすのは、二周目世界での光景だった。

高校生としての二度目の青春で、俺は取りこぼしていた多くのことを得た。

妹との関係の改善、学校の皆との青春、交友関係の広がり。

そして何より——春華と深い絆《きずな》で結ばれた。

春華の眩《まばゆ》い笑顔が、俺を映している瞳《ひとみ》が、一緒に過ごした多くの時間が脳裏によぎる。

心の奥底から想いを寄せる少女の未来を守る——その決意は、自分でも恐ろしいほどの熱量で燃えさかっていた。

（時を駆ける陰キャを舐《な》めるなよ……！　こちとら自分の恋愛を成就するためなら歴史だって変える危険人物なんだからな！）

決意が固まったそのタイミングで、俺は歩みを止めた。

見上げる視線の先には、六階建ての大きな社屋がある。

物産の大手会社であり、テレビCMなども流しているため知名度はそれなりに高い。

ここが、春華が通い続けた勤め先。

あの天真爛漫《てんしんらんまん》な少女の心を殺した忌むべき場所だった。

＊

（こんなに立派な社屋がある有名企業なのに……やっぱりどんな会社も内側が綺麗《きれい》とは限らないんだな……）

前世で春華が精神崩壊の末に自殺した時、社畜時代の俺は茫然《ぼうぜん》自失《じしつ》となり何かの間違いであってほしいと祈りながら、その内容が載った記事を食い入るように読み込んだ。

結果として春華を破滅させた醜悪ないじめの惨状をつぶさに知ることとなり、俺はトラウマを作ってしまったが——そのおかげで元凶たる会社の名前は記憶に刻み込まれていたのだ。

そして、今俺はその会社の入口が見える位置で、刑事の張り込みよろしくスマホをイジるふりして立っている。

会社から出てくるであろう、大人の春華に会うために。

（俺の目的はただ一つ……これから大人の春華を待ち受ける精神崩壊及び自殺という最悪

の事態を回避することだ）

そして、それを成す具体的な手段は実に単純だ。

（春華は社内でひどいいじめに遭い続けて、結果として心を病んでしまった。なら、今日俺がそうしたように……春華にも会社を辞めてもらえばいい）

だが、その説得はかなり難しい。

なにせ、この一周目世界における俺と春華は『高校時代のクラスメイト』というだけの関係であり、接点はとても希薄なのだ。

おそらく、春華は俺のことなんてとっくに忘れてしまっているだろう。

（それでもやるしかない……限りなく他人に近い状態からのスタートで泣きそうだけど、まずは春華と話ができる立場を手に入れることからだ）

決意を固めた俺は、改めて会社の玄関を注視する。

もう一般的な退勤時間からは二時間ほど経過しており、その間に社屋から出てきた人物にそれらしき姿はなかった。

もしかしたら、今日は出張か何かなのかも――そう思った時だった。

「…………春華……」

社屋の玄関から出てくる女性の姿を視界に収め、俺は呆然《ぼうぜん》と呟いた。

今の俺と同じ年齢――二十五歳となった紫条院《しじょういん》春華はそこにいた。

まず目を奪われたのが、彼女の成熟した美しさだった。

高校生の時点ですでに天使のようだった美貌《びぼう》は、大人の艶《つや》と少女のあどけなさの残滓《ざんし》が矛盾なく合わさりもはや女神とすら言える。

服装はあまり洒落《しゃれ》っ気《け》のない女性用スーツだが、高校時代の春華をつい先日まで見ていた身としては、その大人のシンボルとも言うべき服によるギャップに見惚《みと》れる。

星の煌《きら》めきのような瞳も、艶やかな唇も、光沢を湛《たた》えたロングヘアも、高校時代以上に輝きを放っており、その美貌に陰りはない。

だけど――

（……なんだよあの顔は……）

大人の魅力を纏《まと》う春華の表情からは、あの天真爛漫な輝きは消え失せていた。

まるで大切な存在を亡くした未亡人のように活力が失せており、色濃い疲労のみが浮かんでいる。

大人であることに疲れ果て、希望を失った一人の女性がそこにいた。

「……っ」

高校時代の花咲くような笑顔を知る俺としては、その深く心が傷ついた表情に胸が締め付けられる。

あの太陽のようだった少女がこんなにも顔を曇らせるまで、一体どれだけの苦痛を味わったのか――

（……胸が痛いけど今は考えるな。とにかく春華と接触しないと話が進まない……！）

訪れたチャンスに、俺はゆっくりと春華に近づく。

やっていることはストーカーそのものでしかないが、今の俺には路上で声をかけるしか接点を得る術《すべ》はないのだ。

「す、すみません！　ちょっといいでしょうか！」

「……？」

声をかけた俺へと、春華がゆっくりと振り返る。

その瞳は相変わらず宝石のように綺麗だが――その輝きには深い疲れによる影が差しているように見える。

（……春華だ……本当に、大人の――）

正面からその容貌《ようぼう》を見ると、纏う雰囲気と美しさに一瞬息を呑む。

俺が世界一好きな女の子が成長した姿に、つい胸が高鳴ってしまう。

「その、いきなり呼び止めてすみません。俺は――」

「――お断りします」

用意していた言葉を口にしようとした瞬間、春華のピシャリとした声が冷水のように俺へと降りかかった。

「私は貴方《あなた》のどんなお誘いにも応じることはできません。わかってください」

何の感情も浮かべずに、春華は慣れきった事務手続きのようにそう述べる。

高校生の春華にはなかった無味乾燥な物言いと表情に、俺は少なからず衝撃を受けて固まってしまった。

「では、これで失礼します」

「あ……っ」

言って、春華は踵《きびす》を返してこの場から去ろうとする。

――行ってしまう。

春華が俺の目の前からいなくなってしまう。

そこで俺が激しい焦りを覚えたのは、高校生の春華を救う鍵《かぎ》が俺から遠ざかっていくから――ではなかった。

この疲れ果てた春華が、俺の目の届かない闇に消えていく。

定められた未来へのレールに乗り、心と命が尽きる結末へと至ってしまう。

あまりにも痛ましい顔をしているこの女性が苦悶《くもん》の道へ戻ってしまうことに、俺は神経が焼き付くような焦燥を覚えたのだ。

「言いたかったんだ……！　高校の時ずっと！」

春華に近づくために用意していた言葉は、全部忘れ去っていた。

代わりに自然と吐き出していたのは、俺の心に沈殿していた想いだった。

「あの頃の俺って全然女の子と話したことがなかったから……！　あの時、はる……紫条院さんが俺にオススメのラノベを聞いてくれた時、凄《すご》く嬉《うれ》しかったんだよ！」

「え――」

去りつつあった春華の足が止まり、見開いた瞳がこちらへと向く。

「あの後、せっかく紫条院さんがラノベの感想とか色々話しかけてくれたのに、俺ときたらいつもしどろもどろで……！　気を悪くしていたんだったら本当にごめん！　単に照れてまともに話せなかっただけなんだ！」

一息に想いを吐き出して、俺は荒い息を吐く。

ああくそ、何を好き勝手に叫んでいるんだ俺は。

俺にとっては陰キャな青春の中で唯一の美しい思い出だが、春華にとってはモブ男子Aとちょっと話した程度のことでしかなく、記憶に残っているはずが――

「…………新浜《にいはま》、君？」

「え……」

予想に反して春華の口から俺の名前が飛び出し、思わず目を見開いた。

俺のことを……憶えている……？　二周目世界ならともかく、一周目世界ではほんの僅かしか接点がなかったボソボソ声の陰キャ男子を？

「俺のこと、わかるのか……？」

「えぇ、もちろんです。一緒に図書委員をやっていた時に……おすすめのライトノベルを教えてもらいましたね」

俺にとって最も美しい思い出を、春華は懐かしむように口にする。

「最近はめっきり読めてませんけど……あの頃はかなりハマったので、きっかけをくれた新浜君には感謝していたんですよ」

そう言って、春華は静かに微笑《ほほえ》んだ。

それは高校生の時の快活な笑顔ではなく、どこか憂いを湛えた笑みだったが――

（憶えていて……くれたんだな……）

俺は思わず涙ぐんでしまいそうになった。

記憶のフォトフレームに飾ってあるあの大切な思い出を、俺だけじゃなくて春華もまた憶えていてくれた。

その事実は、あの灰色の青春において何よりの救いだった。

「その……さっきは申し訳ありませんでした。知らない人が誘ってきたと思ってとても素っ気ない対応をしてしまって……本当にお久しぶりです」

「あ、いや、それは仕方ないって！　つい『偶然』見かけて声をかけちゃったけど、こんな夜に男から声をかけられたら警戒して当たり前だし！」

路上で声をかける以外に方法がなかったとはいえ、悲鳴を上げられても仕方がないシチュエーションだったのは自覚している。

あと、当然ながら偶然は真っ赤な嘘である。

「ふふ……なんだか明るくなりましたね新浜君。でも、焦った時の顔はあの頃のままです」

あの頃とはまたひと味違う大人の美貌で、春華はくすりと笑う。

「それにしても本当に偶然ですね……新浜君はこの辺に勤めているんですか？」

「ああ、この近くじゃないけど同じ市内だな。ただまあ、ちょっと酷いとこでさ」

今日まさにそこを辞めたことはあえて口にせず、俺はフッと自嘲《じちょう》気味な笑みを挟んで続けた。

「恥ずかしながら結構なブラック企業なんだ。それも俺って上司に嫌われててさ、わざと終業間際に仕事を押しつけられたり、人格を否定するようなことを言われまくったりで毎日げっそりだ」

「…………」

そう告げると、春華はぴくりと反応を示した。

その理由は想像するまでもない。

春華は俺が今述べたようなことで、日夜苦しめられているのだから。

「だからさ……わかるんだよ紫条院さん。今、仕事でかなり酷い目に遭っているんだろ？」

「……っ!?」

声のトーンを落として真剣に問いかける俺に、春華は大きく息を呑んだ。

「体調も色々とおかしくなっているんじゃないか？　座っているだけで息苦しくなったり、疲れているはずなのに全然寝られなかったり……」

「え……ど、どうして……!?」

「職場で疲れすぎている人を散々見てきたから、顔色を見れば大体どれくらいマズいのかわかるんだよ。今日や昨日だけが辛かったんじゃない。辛いことが日常化しているだろ」

もちろん、俺が自信満々に断言できるのは春華の身に起こったことをつぶさに知っているからだ。だが、そうでなかったとしても俺は春華が纏う陰鬱《いんうつ》な空気からおおよそを察することができただろう。

彼女の顔に滲《にじ》む悲痛は、俺のよく知る、精神を切り刻まれ続けている者のそれでしかないのだから。

（さて、ここからだな――）

俺は緊張に汗を滲ませながらも、まっすぐに大人の春華を見つめた。

今この時だけは、虚実を織り交ぜて彼女と縁を結ばないとならない。

ここで『昔のクラスメイト』のまま別れてしまえば、もうその先はないのだ。

「なあ、紫条院さん。本当に突然で申し訳ないけど……これから俺とメシに付き合ってくれないか？」

「えっ⁉」

さらりと言い放った俺に、春華は目を見開いて驚いた。

それは当然だろう。学生の頃ならまだしも、お互いが大人になった今ではこのお誘いは相当に踏み込んでいる。

「……つい懐かしくて声をかけてしまったけど、別に俺は立ち入ったことを言う気はなかった。元気そうな紫条院さんと会えれば、あの頃のことを少しだけ話してさよならするつもりだったさ」

これは嘘だ。俺は春華の現状を知っていた。

だけど……もしここが俺の知る未来ではなく春華が幸せに暮らしている世界だったのであれば、最終的に俺はその幸福を尊重しただろう。

「でも……今の紫条院さんを見たらちょっとそのままにはできない。そう思ってしまうくらいに、酷い顔をしている」

「え……」

「さっきも言ったけど、俺は同じ表情をした奴が何人もおかしくなってしまったのを見た。どいつもこいつも……末路は悲惨だったよ」

これは心からの本音だ。

俺はどうあっても、陰鬱な闇に囚われたこの大人の春華を救いたい。このまま破滅の未来に彼女が攫《さら》われてしまうのは、絶対に許せない……！

「それに……紫条院さんは自分一人で抱え込んでいるんじゃないのか？　家族にも誰にも真剣に自分の苦しみを伝えていないだろ」

「……っ」

図星を指された春華が息を呑むが、これも俺としてはすでに知り得ていたことだ。

もし春華が自分の苦しみを家族に伝えていたのなら――あの春華を想う両親が娘をそのままにしておくはずがないのだから。

「俺はたまたま道端で再会したクラスメイトで、明日《あした》には他人に戻っている奴だよ。だから――何を吐き出してもいい。お節介なのは重々わかっているけど、今の紫条院さんには、それが必要だと思う」

「新浜、君……」

春華は、呆然《ぼうぜん》と俺の名前を呼んだ。

その声音には、俺という存在の認識に変化があったような響きが感じられた。

「だから、頼む紫条院さん。あの頃のよしみで、どうか今日だけは俺に付き合ってくれないか？」

暗闇に満ちた夜の路上で、俺は街灯に照らされながら極めて真剣にお願いする。

言葉を重ねてはみたが……どうあっても俺たちは大人の異性で、俺が言っていることはナンパの手管と思われても仕方がない。はたして春華がどう反応するか——

「…………して、そんな顔……」

「……？」

警戒と拒絶こそを最も心配していた俺だったが、春華が漏らした声にはどちらでもないひどく不思議そうな響きがこもっていた。

な、なんだ？　春華は結局、今どんな気持ちを抱いてるんだ？

「…………では、お言葉に甘えさせて頂きます」

「え——」

それは願った通りの返答ではあったが、意外でもあった。

こうも早くその言葉を引き出せるなんて——

「私は……もう少し新浜君と話してみたくなりました」

大人の春華の顔に浮かんだ微笑みは、やはり見惚《みと》れるほどに美しい。

だが同時に——拭《ぬぐ》いきれぬ影が差したような、ひどく儚《はかな》げなものだった。

＊

落ち着いた居酒屋の店内で、俺と大人の春華は向かい合って座っていた。

スマホでさっと検索して最寄りにあった店だが、落ち着いた雰囲気がなかなかいい。

「ふふ、同級生同士で名刺交換をするなんて、なんだか変な感じですね」

「ああ、お互いに大人になったんだなって、不思議な気分になるな」

二人で同じ卓に着くと、俺たちは自然と名刺を取り出すという社会人のクセを発揮してしまい、お互いに苦笑した。

おかげで上手くお互いの緊張はほどけて、場の空気は思ったより柔らかいものとなっているのだが――

（しかし、春華の名刺……か）

小さな紙片に印字されている会社名と部署名、そこに続く『紫条院春華』という文字が、あの少女が完全に社会人になった証明であるかのように記されている。

高校生だったあの時から七年――否応なくその年月を感じてしまう。

と、そんなことを考えていると居酒屋の店員さんが「お待たせしましたー」と配膳《はいぜん》に来て、テーブルに料理と飲み物を広げてくれた。

「じゃあ……乾杯するか」

「ええ、新浜君もお仕事お疲れ様です」

唐揚げ、だし巻き玉子、ワカメサラダ、イカの一夜干しなどのいくつもの料理が並ぶテーブルの上で、俺たちはグラスを軽く合わせて乾杯した。

（大人の春華とお酒を飲むなんて、なんか変な感じだな……）

プライベートで女性と飲みに行った経験なんて皆無な俺は、やや緊張しながらひどく久しぶりのビールを呷《あお》った。

口に広がる苦みとシュワシュワした喉越《のど》しは、しばらく触れていなかった大人の味だ。

不思議なことに、心に余裕がなかった社畜時代と比べて今の方が美味く感じるような気がする。

「ふぅ……美味《おい》しいです……」

春華はカンパリオレンジに口をつけて満足気な表情を見せていた。

透明なグラスにピンク色の唇が触れる様がなんとも扇情的で、改めて現在の春華の成熟した魅力を思い知る。

「紫条院さんは……普段から結構お酒を飲むのか？」

「ええ、恥ずかしながら社会人になってからはそれなりに飲むようになってしまいましたね……」

すでに三分の二ほど減ったグラスを手に、紫条院さんはやや自嘲的に言う。

「子どもの頃はどうして大人はあんなにもお酒が好きなのかわかりませんでしたけど……今は痛いほど理解できます。お酒を飲むと、気分が少しだけ楽になるんですよね」

「…………」

楽しむためではなく、ストレスを紛らわせる目的での飲酒が増えたと語る春華に、俺は胸の痛みを覚える。

それは……あまり良い酒の飲み方ではない。

「そっか、飲む時は一人なのか？　それとも友達や……その、彼氏とかと……？」

その単語を発するのは胸を抉《えぐ》り取られるような苦悶《くもん》を覚えたが、必要な情報を聞き出すために口から絞り出した。

一周目世界において、俺は春華が最後に至るまでに歩んだ人生の詳細は知らない。

だが……春華の美貌《びぼう》を考えれば、恋愛が活発になる大学時代や社会人生活においては数え切れないほどにアプローチがあっただろう。

「友達は……学生時代から今に至るまで全然いませんね。大学ではいっぱい作ろうと意気込んだんですが、散々でした。最初は上手くいきかけていたんですけど……」

「……あ、もしかして、男が沢山寄ってきたとか？」

「ええ、そうです。大学に入ってからもう、本当にいっぱい……とにかくたくさんの男性から声をかけられました。口幅ったいですが……その人たち曰《いわ》く、私の容姿が飛び抜けているから口説かずにはいられなかったらしいです」

（なるほど、男に声をかけられまくるようになって、流石に自分の美人さについては自覚

したのか)

だが、語る春華の声に自分の美貌とモテ度を自慢するような響きはなく、むしろひどく億劫《おっくう》な記憶を語るような様子である。

「けれど、私は本当にお子様で……今に至るまで恋人を作ったことがないんです」

「そう……なのか?」

それは浅ましい独占欲を抱く俺にとっては歓喜すべきことだったが、普通はあり得ないことである。自分が多くの異性に恋愛感情を抱かれていると認識した時点で、高校時代にあった天然バリアはなくなっただろうし……。

「私に声をかけてくる男性は、決まって女性から人気がある人です。スポーツマンだったり、顔立ちが整っていたり、ハイレベルな大学の人だったり……それはもちろん長所です。けど……そういう人たちは何故か誰もが自信に溢《あふ》れすぎていて……」

「あー……」

その構図はすぐに理解できた。

春華は絶世の美人であり、恋愛の自由度が上がる年齢になれば高校時代とは比べものにならないほどのアプローチが殺到しただろう。

だが、美人すぎる社長令嬢であるからこそ多くの男は気後れしてしまい、声をかけるのは自然とハイスペックでプライドが高い自信満々系の奴のみとなる。

「それで、そういう奴らはむしろ紫条院さんの苦手なタイプだったと」

「あの人たちには申し訳ありませんけど……はい。中には私がお付き合いを断ると激しく罵《ののし》ってきたり摑《つか》みかかってきたりする人もいました。幸い、ウチの運転手さんに助けられてけがとかはなかったですけど……」

「うわぁ……そこまでしてくる奴もいたのか」

自信のありすぎる陽キャ特有の暴走なんだろうが、キレる意味がわからん。

フラれて傷ついた自分のプライドこそが何よりも大事なんだろうな……。

「そんなことが続いて……私は少し男性が苦手になってしまいました。そして、私のことが気に入らない大学の女子からも『男を取っかえ引っかえしている悪い女』みたいな噂を流されて、友達も全然……」

「そ、そうか……それはまた、なんとも……」

期待していたであろう大学デビューも、どうやら無残な結果に終わったらしい。

この一周目世界では風見原《かざみはら》や筆橋《ふではし》という友達もおらず、さぞ寂しい思いをしただろう。

「あれ、でも……男がちょっと苦手になっているのに、よく今日は俺の誘いに付いてきてくれたな」

話の持っていき方を工夫はしたが、男である俺が食事に誘ったことには変わりない。

それこそ拒否反応が出そうなものだが……。

「それは……新浜君には驚くほどに『熱』がなかったからです」

「『熱』……？」

「はい、私は男の人から数え切れないお誘いを受ける中で……その人が私に向ける熱っぽさの度合いがなんとなくわかるようになりました。恋愛感情とはちょっとだけ違う、ギラギラした気持ちのことです」

春華が言っているのは、なんとなくわかる。

おそらく天使の如き可憐《かれん》な春華に向ける、男の所有欲や異性への欲がない交ぜになったものだろう。

すなわち『好き』よりもなお色濃い『欲しい』の感情だ。

「私に声をかけてくる人は、その殆《ほとん》どが強い熱を向けてくる人でした。表面上の誘い方がどれだけ穏やかでも、それは隠しきれません。でも――」

春華は、本当に不思議そうな表情で俺を見た。

「新浜君がさっき私を食事に誘ってくれた時は……顔にまるで熱っぽさがなくて、むしろ今にも泣いてしまいそうな強い心配の色しかありませんでした。まるで、お母様やお父様がそうしてくれる時みたいに」

「……そんな顔になってたか、俺」

正直を言えば、俺はこの大人春華に見惚れているし、この居酒屋デートのような状況に一ミリもドキドキしていないと言ったら嘘になる。

だが、今俺の頭を占めているのは、春華を救わなければ全てが終わるという激しい焦燥感だ。確かに色も熱もなりを潜めているだろう。

「どうして……そんなにも私を心配してくれるんですか？　昔クラスが一緒だっただけなのに」

「それは――」

反射的に言ってしまいそうになる。

それは、君が俺にとって世界で一番大切な女の子だからだと。

高校生の春華を救うのはもちろんだが、今目の前にいる大人の君も救いたいのだと――

そう口に出してしまいたかった。

「……以前にさ、職場で潰《つぶ》れてしまった人がいたんだ」

真実を隠しつつも胸中の想いを伝えるべく、俺は口を開いた。

「俺とはあまり接点がなかったけど、綺麗《きれい》で優しい人だった。間違いなく幸せな人生を歩むべき人だったよ」

俺の独白を、春華は固い面持ちで静かに聞いてくれていた。

「けど、その人は職場いじめで心を病んで一言も喋《しゃべ》れない人形みたいな状態になって……終《しま》いには自殺してしまった。俺はそれが未だにトラウマなんだ」

「……酷い話です」

ああ、本当に酷い話だ。

この話が、君にとっての予言になっちゃ駄目なんだよ。

「……その人にはどこにもはけ口がなかった。同僚や上司、もしくは友達か誰かに苦しみを吐き出していれば、その人はそこまでの状態にならなかったかもしれない」

真面目な人ほど愚痴を口にせず黙々と日々の苦しみに立ち向かう。だがそれは、ダメージを回復できずに延々と蓄積し続けるということでもある。

「だから、俺は度を超えたストレスを抱えている人には敏感になったし、しつこいと思われてもお節介を焼きたい。久しぶりに会った元クラスメイトにズカズカと踏み込んでいるのは、それが理由だよ」

「……優しいんですね。新浜君は」

俺がつい言葉に込めてしまった感情を感じ取ったのか、春華は俺の動機について納得してくれたようだった。

「まあ、俺自身がブラック企業勤めで、他人事《ひとごと》じゃないってのもあるけどな」

「それは……さっきも言っていましたけど、どんな感じなんですか？　自分以外の職場は知らないから興味あります」

「はは、まあ酷いよ。まず残業代って概念がない。月に百時間残業しても全部サービス残業だ。休日の電話呼び出しも当たり前で、離職率が高いから引き継ぎもマニュアルもどこにもないなんてのもザラだ」

「それは……もう犯罪でしかないですね……」

俺が自社（本当はもう辞めたが）の内情を語ってみせると、春華は少し顔をひきつらせた。まあ無理もない。パワハラや業務過多の面を語るのなら、あの会社はブラック企業の中でもなかなかの強豪だろうからな。

「けどな、それ以上に辛かったのは……やっぱり人間だよ。人を人とも思わない人でなしどもから与えられる心の苦痛だった」

俺の実感が入りまくった言葉に、春華はぴくりと反応した。

「先輩とか上司ってだけで、簡単に馬鹿、アホ、死ねのオンパレードだ！　酷い時は親も無能なんだろとか言い出す始末だし！　本当に人間として心が死んでる奴ばっかだよ！」

「……！　わかります！　本当に、信じられないほどに酷い言葉が飛び交うんです！　それもごく当たり前みたいに……！」

「だろう！　職場ってだけでどれだけ罵詈雑言《ばりぞうごん》を吐いても許されるのはおかしいよな！大人なのに中身はガラの悪い学生と殆《ほとん》ど変わんないんだよこれが！」

「そうそう、そうなんです！　もっと大人の世界って厳しくても理性的なものだと思っていました！　けど、全然そんなことありません！」

俺の情念が滲《にじ》み出《で》てしまった愚痴に、春華は我が意を得たりとばかりに熱烈な反応を返してくれた。

その顔に滲んでいた陰りは極めて薄まっており、声も弾んでいる。

やはり、今までこんなふうに抱えるストレスを吐き出す機会がなかったのだろう。

(不謹慎かもしれないけど……俺も凄《すご》く楽しいな……)

大人になってからずっと俺を苦しめてきた社会の闇。

それを意中の女性に愚痴って、共感されて、それを肴《さかな》に酒を飲んで――というループがとても心地好《よ》い。

(俺も……過労死する前に春華と再会してこんな話ができていたら……)

そうすれば……タイムリープという奇跡に頼るまでもなく俺は破滅を回避できたのかもしれない。

そんなことを夢想しながら――俺と大人の春華は職場への不平不満で盛り上がりつつ、酒の席の空気は中々に温まりつつあった。

＊

「今思えば、お世辞やら贈り物やらで職場の有力者に上手く取り入って、最初から安全圏に行った奴が正解なんだと思う。けど、元々が口下手な俺にはそもそもそんなこと思いつかなくてさ……」

「いえ、そんなの新浜君だけじゃないですよ！　私もそういうのが本当に駄目で！」

小一時間ほども職場の愚痴で盛り上がった結果、春華の表情と声は大分柔らかくなっていた。

酒もそこそこ進んでおり、お互いが口をつけているグラスは二杯目である。

（い、いかん……凄く色っぽい……）

ただでさえ、規格外の美貌《びぼう》を持つ女神に成長している春華だが、酒精による紅潮を頬に帯びた今は、あまりにも妖艶《ようえん》だった。

見ているだけで理性を蕩《とろ》かしてしまいそうな、魅力の暴力。

だが、それこそが春華の人生に望まぬトラブルを呼び込んでいるかと思うと、何ともやるせない。

（さて……そろそろ聞かないといけない所に触れてみるか）

俺はビールを一口喉《のど》に流し込み、胸中で言葉を組み立てる。

この席を設けた目的に辿《たど》り着《つ》くために。

「さて、じゃあ次は紫条院さんの話を聞かせてくれないか？　今の職場で感じていることを全部教えてほしい」

「……っ」

そう切り出すと、春華は柔らかくなってきていた表情を再び固くして、薄まっていた空気の陰りもまた色濃くなる。

「……そう、ですね。私の話なんて大したことありませんけど」

そう前置きして、春華はポツリポツリと語り出す。

俺が情報でしか知り得ていない、心の苦痛を。

「一番最初は……特に大きなことはなかったんです。男性から声をかけられることはやっぱり多かったですけど……それも仕事にある程度慣れる内に少なくなってきましたし」

カンパリオレンジを一口飲み、春華は語り出す。

「けど、社内で特に人気のある男性社員のお誘いを断った辺りの時期から……だんだんと同僚の女性社員が私にだけ挨拶《あいさつ》をしないようになって、さらに私が帰る間際にたくさんの仕事を渡してくるようになりました」

知ってはいても、春華の口からこうも生々しく語られるとやはりハラワタが煮えくり返るような思いになる。

なんなんだよ、その中学生女子みたいな幼稚な真似は……！

「それでも、最初はただの行き違いか偶然だと思っていたんです。けど、気付けば女性社員の間には私の悪い噂ばかりが流れていて……はは、大学の時と全く同じ状況だと気付いた時にはちょっとショックでしたね」

それは当然だろう。

女性の妬《ねた》みから脱却したいと願って行き着いた大人の世界が、やはりくだらない嫉妬《しっと》に満ちていたのだ。

春華にとって、吐きたくなるような出来事だったはずだ。

「そして、とある有力な女性社員グループから毎日のように嫌味を言われるようになって……とうとう私物を捨てられたり、私だけ仕事のスケジュールが教えられなかったりするなどの嫌がらせが始まりました。その理由は……やっぱり『調子に乗ってる』からだそうです」

「なんだそりゃ……！」

またしても耳にしてしまったイチャモン特化言語に、俺は思わず叫んでしまった。

いやだって……！　いい大人が『調子に乗ってる』なんて理由で……！

「そんなのもう完全にアウトだろ!?　上司に言うなりしてどうにかしないと……！」

「……それは無理なんです」

思わず感情的になってしまった俺に、春華は悲しい笑みで告げた。

「その有力な女性社員グループのリーダー格の人は社長の親戚《しんせき》で、誰もが何も言えません。実際、一度社内の相談窓口にメールを送りましたけど……ただ検討中という返事が来たっきりです」

「な……」

いじめの中心にいるのが社長の親族のコネ社員……！

そうか、紫条院グループの令嬢をそうまでいじめるなんてどれだけ強気な奴らなんだとは思っていたが……主犯がコネ持ちのアホだったってオチかよ！

「二言目には……『生意気すぎる』、『見下してる』、『調子に乗ってる』って……毎日、毎日……本当に毎日……！　私が一体何をしたって言うんですか……！」

アルコールが心の蓋《ふた》を緩めたのか、そこで春華の語気が初めて荒ぶりを見せた。

「真面目にやっているのに！　入社してから仕事に真剣じゃなかった日はありません！それなのに……男性社員を誘惑しているとか、態度が女性社員を馬鹿にしているとか……何もかも意味がわかりません！」

やるせなさが爆発したかのように、春華はようやく苦しみを吐き出してくれた。

堰《せき》を切ったように、自己の内に溜《た》めていた毒を次々と口にする。

「どうしたらいいんです!?　それともこれが普通で私がただ甘いだけなんですか!?　どうしていつも私はこんなんばっかりなんですか……！」

「紫条院さん……」

その心中の吐露を聞きながら、俺は痛ましいと思いつつ同時に少し安心してもいた。

（よし……いける。談笑もできるし愚痴も言える。春華はまだどうとでも引き返せる段階だ……）

これがあと数年後なら、もう春華は日々の苦悶《くもん》を日常と受け入れて取り返しがつかなくなっていたかもしれない。

けれど、こうやって苦しみを口から出すことができる今なら、まだ間に合う。

「新浜君は……ずっと職場で酷いことを言われ続けていたんですよね？　なら是非教えてください。どうすれば、辛くても頑張ることができるんですか？　他の皆さんはどうやって上手くやっているんですか……？」

昂ぶった感情で頰を色づかせた春華が、俺に問う。

だが、そんな素晴らしい方策なんてこの世にはない。

「……俺も色々試したさ」

同じような悩みを抱えていた自分を思い出しながら、俺は口を開いた。

「上司の性格を調べて、何がＮＧで何がいいのか考えたり、猛烈に仕事を頑張って気に入られようとしたり……本当に色々な。それが全部無意味だったとは言わないけど――」

何をしても、どう振る舞っても結局俺は死ぬまで苦しみ抜いた。

だからこそ、断言できる。

「結局、平気で人に酷いことを言える醜悪な人間……そんなものを根本からどうにかする方法なんてないんだよ」

「………」

なにせ、あいつらは他人の痛みがわからない。

他人をどれほど酷く傷つけようとも、その痛みが想像できず全くブレーキがかからない怪物どもなのだ。

怪物に抗する術《すべ》なんて、人間にはない。

「ごめん紫条院さん。実は俺ちょっと嘘を吐いていた。ブラック企業に勤めているのは本当だけど、今日まさにそこを辞めてきたんだ」

「え……!?」

驚きを見せる春華に、俺はさらに言葉を重ねた。

「何をどう頑張っても、どんなに上手くやろうとしても、元々が腐っている場所にいると自分が壊されるだけだ。解決方法なんてそこから逃げるしかない」

この席で最も伝えたかったことを、俺はゆっくりと告げていく。

「俺の場合、ストレスでどんどん身体がおかしくなっていたし、ブラック企業を辞めないせいで家族との仲も悪くなっていったしな。紫条院さんのご両親も、顔色が悪くなっていく自分たちの娘を見てずっと心配しているんじゃないのか？」

「それ、は――」

おそらく紫条院さんは、実家の皆に明るい顔だけを見せて大丈夫だと振る舞っているのだろう。だが、それでも時宗《ときむね》さんと秋子《あきこ》さんは何かを感じているはずだ。

「俺自身が身に染みたことだけど……頑張ることは大切でも、明らかに酷い環境で頑張ると逆に人生が駄目になっていくばかりだ。だから、紫条院さん――」

シャツの下に緊張の汗をかきながら、俺は核心へと話を持っていく。

これが通れば、俺の果たすべきミッションは完了する。

「これはアドバイスとかそういう生半可なものじゃなくて、真剣なお願いだ。どうか――今の会社を辞めてくれ。紫条院さんは、そこにいるべきじゃない」

「………………」

極めて真剣に、懇願するようにして俺はとうとう告げた。

春華はただ静かな面持ちでその言葉を耳にして沈黙している。どういう感情を抱いているのかは窺《うかが》い知れない。

「別に仕事することをやめてほしい訳じゃなくて、ただ転職して環境を選んでほしいってことだよ。紫条院さんのいる職場は明らかに普通じゃなくて……早く逃げないと大変なことになる」

俺は心からの言葉を重ねる。

どうかその地獄から抜け出して破滅を免れてくれと、そんなくだらないことで自分の一生を潰《つぶ》さないでくれと切に願う。

「————お断りします」

「な……」

告げられた言葉を、俺は信じられない思いで聞いた。

何を……今、何を言った？

「私は、会社を辞めることだけはしません」

「な、なんでだ……!?　別に今すぐって話じゃない！　転職先を見つけてからでもいいし、今すぐに決断しなくてもいい！　とにかく今の職場から離れるってことを視野に入れてほしいってことで……！」

極めて冷静に俺の言葉を否定する春華に、俺は焦りに焦りながら説得を続けた。

この場ですぐに春華から決心を引き出せるとは、俺も思ってはいなかった。

いきなり言われても明日《あした》辞めるなんて言える人の方が希だし、まずは目の前のことで精一杯になっているであろう春華に、辞めるという選択肢を意識してほしかったのだ。

だが今の断り方は……一片の検討もしないという完全な拒絶だ。

予想を遥かに超えた明確な拒否反応に、俺は焦りを募らせる。

「新浜君が完全に正論を言っているのも、本当に真剣な気持ちでそう言ってくれているのも理解しています。言葉の全てから心配を感じられて……本当に感謝していますよ」

「だったら……！」

「でも……駄目なんです。私は一歩引いたらもうお終いですから、それを受け入れることはできません」

「何を……何を言っているんだ⁉」

先ほどまでの幾分か柔らかくなった表情をまるで氷像のように冷たくして、春華はさらなる拒絶を示してきた。

だが、俺にはその意味が理解できない。

俺の言葉を正論だと認めているのに、検討すらできないってどういうことだ⁉

「気持ちは本当にありがたいです。でも……新浜君に私の心はわかりません。いいえ、わかってもらう価値もない女なんです」

春華は固い面持ちのままでそう言うと、自分のバッグから財布を出して一万円札を机の上に置いた。

この場の終わりを、言外に告げるかのように。

「今日は……誘ってくれてありがとうございます。お話しできたのは本当に楽しかったです」

「はるっ……紫条院さんっ！」

そうして、春華はコートを羽織ると席を立って去ってしまう。

俺は思わず大きな声を出して呼び止めようとしたが――

俺が救いたい女性は足早に立ち去ってしまい、俺の手を離れて再び破滅への道へと戻ってしまっていた。

五章 ◀ 私はこうならなかったのに

「くそ……！　失敗した、失敗した……！」

自宅である狭いアパートに帰ってきた俺は、布団に倒れ込んで激しい自己嫌悪に陥っていた。上手くやれなかった自分が不甲斐《ふがい》なさすぎて、ストレスから頭を激しくかきむしってしまう。

「あそこで頷《うなず》いてくれれば、それだけで春華《はるか》は救われたのに……！　どうしてあそこまで苦しんでいて、仕事を辞めないなんて言うんだ⁉」

やるせなさのままに布団を殴りつけ、俺はなおも説得の失敗を悔やむ。

なにせ、この一周目世界において俺と春華はそう何度も会える仲じゃない。

（ここからもう一度春華に会える機会を作るのは相当に厳しい……）

会って話して、核心を切り出した末に明確に拒絶されたのだ。

春華からしたらもう話すことはないだろうし、そんな状態で何度も会ってくれるとは思えない。

どう知恵を絞っても……後一回が限度だろう。

（あと一回……あと一回だけの接触で、春華の考えを変えさせて会社を辞めるように説得する……そんなことが本当に可能なのか？）

だが、それを成し遂げなければいよいよ春華の破滅は確定する。

タイムリープから始まった俺の青春リベンジは、考え得る最悪な形で結末を迎えることになる。

（大人の春華は運命通りに精神崩壊して自殺……そして二周目世界にいる高校生の春華もいずれは同じ運命に……）

そう考えただけで、全身の毛穴から冷や汗が噴き出る。

頭の芯《しん》が激しくぼやけて、押し寄せる絶望に涙すら溢《あふ》れそうになる。

「駄目……なのか……？」

結局のところ、俺は根が陰キャで意志に乏しいどこにでもいる弱い男だ。

そんなその他大勢みたいな奴が、映画の主人公よろしく時に逆らってでも想い人を救うなんて、あまりに大それた望みだったのだろうか。

「春華……俺は……」

失意によって緊張の糸が切れたのか、身体が急に重くなっていく。

そして、疲労によって俺の意識は徐々に薄れていき――

深い眠りへと、落ちていった。

＊

「あー……」

見慣れた教室の、いつもの自分の席に俺は座っている。

夕暮れの教室は俺以外に誰もおらず、校舎は不気味なほどの静寂に包まれていた。

「夢か……」

夢だと認識できる夢――すなわち明晰夢《めいせきむ》の中で俺はぼんやりと呟《つぶや》いた。

そう、これはただの夢だ。

ただ昨日の宇宙空間のような殺風景極まるものとは違い、その光景はとても見慣れたものだった。

「はは……ご丁寧にシチュエーションに合わせた姿か」

つい先ほどまでスーツ姿で街を歩く大人だった俺だが、今は学生服に身を包んでおり見た目も十六歳の頃になっているようだった。

「しかしなんで学校なんだろうな。まさか、俺の逃避したい気持ちの表れか？」

自分の夢を読み解く考察は、的を射ているように思えた。

ああ、そうだ。俺はここに帰りたい。

二周目のこの青春溢れる学校へやってきて——俺自身と俺を取り巻く人たちの毎日が輝いていくのが嬉《うれ》しかった。

一周目世界ではただ息を潜めてこそこそと卒業を待つだけだったこの学校にこそ、今やかけがえのない様々な喜びの記憶が詰まっている。

（……その記憶の全部に春華がいる。俺は、どうしても彼女を救いたいのに……）

だが、このままでは春華も彼女を想う俺も破滅は免れない。

まるで奇跡の対価を取り立てにきたかのようなタイムリープの試練を、俺は未だに乗り越えられない。

絶望を覆さないといけないのにそれができない自分が不甲斐なさ過ぎて、胸の内を悲嘆とやるせなさだけが占めている。

「はは……それにしても全然人の気配がないな。我が夢ながら怖いっての」

誰も聞く者がいない感想をボソリと呟き——

「——そうですね。でもちょっと不思議な雰囲気で、私は嫌いじゃないです」

「え——」

振り返ってその姿を認め――俺の思考は真っ白になった。

何故なら、そこには俺が今最も会いたかった人がいたからだ。

シルクのように艶《つや》やかな長い髪、乳白色の肌に、宝石のような瞳《ひとみ》――

天使と見紛う美貌《びぼう》に、清廉な心を合わせ持つ俺の想い人。

制服に身を包んだ高校生の春華が、そこに立っていた。

「……はる、か……？　春華……っ！」

「きゃ……！」

感情が暴走した俺は、恥も外聞もなく春華へと駆けだしてその細い身体を抱き締めた。

夢だというのに、少女の身体からは確かな体温が感じられる。

ただそれだけで、乾いた俺の心に潤いがもたらされていくのがわかった。

ああ、春華だ……！

たとえ一時の幻であろうとも……今俺の目の前にあの春華がいる……！

「あ、あわわ……！　し、心一郎《しんいちろう》君⁉　ど、どうしたんですか⁉」

「どうしたもこうしたも、あるか……！」

俺はともすれば漏れそうになる嗚咽《おえつ》を堪《こら》えながら、力を込めて彼女を抱き締めた。

高校生の春華が倒れてから、俺はしつこく見舞いに行って彼女の生きながら死んだような顔を毎日見続けた。

これが夢なのはわかっているが——それでも、元気な春華が俺の側にいてくれることが、俺を心一郎君と呼んでくれることが胸を突き破るほどに嬉しい。

そして、俺はしばしそのままに抱擁を続け——

「あ……もうやめちゃうんですね」

「………悪い。つい勢いで抱き締めてた」

子どものように縋《すが》り付く俺を春華が微笑《ほほえ》ましそうに見ているのに気付き、急速にこみ上げてきた羞恥心《しゅうちしん》に従って俺は春華から身体を離す。

そんな俺を見て、春華はくすりと笑った。

「あはは、夢の中でも心一郎君は紳士的なんですね」

「いや、夢とはいえいきなり女の子に抱きつく奴は紳士的じゃないだろ……」

そんな、懐かしさすら感じるゆるいやりとりに、つい涙ぐんでしまう。

ああ、そうだ。俺はこれを取り戻したい。

この温かさを、夢でなく現実のものとして失われないようにしたいのだ。

「いいえ、ちょっとびっくりしましたけど、心一郎君なら全然嫌じゃないですよ。それよりも——」

にこやかにそう言うと、春華は不意に俺の首に腕を回してきた。

ふにゃふにゃとした柔肌の感触と少女の甘い香りが俺を包み、夢とは思えないほどの生々しい体温までもが伝わってくる。

「は、春華……!?」

「心一郎君、なんだかとっても疲れていますよね？」

春華は優しく俺を抱擁したまま、その白魚のような手で俺の頭を撫《な》で始めた。

まるで母親が、子どもに愛情深くそうするように。

「いくら夢の中でも、心一郎君がそんな顔をしていたら放っておくことなんてできません。だから……せめてこうさせてください」

俺に温もりをもたらしながら優しい言葉をかけてくれる春華は、まさしく天使としか思えなかった。

そうして、天使の慈愛によって俺の心に深い安らぎがもたらされていく。

黒く濁った泥水じみた澱《よど》みが、澄んだ清流になっていくようだった。

（自分の夢に春華を登場させてハグしてもらったとか、リアルの本人には言えないことだけど……でもやっぱり癒やされる……）

「ふふ、自分からこんなことをしてしまうなんて、私もちょっとはしたないかなと思いますけど……でも夢なんだからいいですよね」

「……ん？」

ふと見れば、春華は俺を腕の中に収めながらも頬を染めてめったに見せないイタズラっ子のような笑みを浮かべていた。

「ふふー……実を言えば、最近ずっと心一郎君に触れてみたいって思っていたんですよ」

まるで誰もいない自室でそうするように、春華は頰を朱に染めながらとんでもないことを独白し始めた。

「最近、アルバイトで心一郎君と一緒の時間が増えましたけど……なんだかもっと女の子同士でするみたいに、ふざけて抱きついたりほっぺたとかもペタペタ触ったりしたいなって……」

……なんかこの春華、俺の深層意識にある妙な願望が混じっているのか？

夢の登場人物とはいえ、なんか妙なんだが……。

「こ、こんなことを言ったら絶対に現実の心一郎君には嫌われてしまいますから、夢の中だけのオフレコですよ！」

「あ、いや……現実でカミングアウトしても俺は嫌うどころか喜ぶぞ」

「そ、そうですか⁉　夢の心一郎君だから私に都合良すぎることを答えてないですか⁉」

俺にとってはこの春華こそ夢の人物なのだが、その本人は俺を夢の人物と言う。

なんだか本当にややこしくて奇妙な状況だった。

「ふう、でも心一郎君を見つけられて良かったです。ずっと夢の中で一人でいるのも少し退屈になっていましたから」

安堵《あんど》するように言い、春華は俺から密着させていた身体を離した。

離れていく少女の体温は名残惜しかったが、それよりも気になることがあった。

「ん？　夢の中で……ずっと一人？」

「ええ、そうなんですよ！　最初は気付いたら真っ黒な夢の中にいたんですけど、そこからいきなり場面が切り替わったかと思ったら、映画みたいに生々しい夢が始まったんです」

映画みたいな生々しい夢——。

それは、俺が二度目のタイムリープを果たす直前に見た夢へ抱いたのと同じ感想だった。

「それもその内容が凄《すご》いんです！　心一郎君が未来に行って、大人の私に会いに行くっていう本当に突拍子もない設定なんですよ！」

「な……!?」

「なんだか妙にリアリティが凄くて、未来っていう設定だからか街並みは今と全然変わっているんです！　しかもなんだか歩いている人たちは揃《そろ》って電子手帳みたいな平べったい機械を持っていて——」

（これは……まさか……）

俺は激しく混乱しながらも、目の前で起こっている事態に対して一つの仮説を思い浮かべた。

高校生の春華が心を失った原因は、おそらく未来で破滅した情報を高校生の時代に送り込まれてしまったからだ。

それはつまるところ、未来情報の受信とも言える。

であるならば——春華は現在進行形で変わっている未来の記憶をも夢という形で受け取っている……？

いや、この感じだと主観的な記憶どころか、俺のことや本来知り得ない情報すら——

（それに、今までのことから察するに夢っていうのはどうも超常現象が働き易いらしい。とするなら……ここにいる春華は俺の夢の登場人物じゃなくて、本当に本物の——）

その予感に冷や汗を流しつつ、俺は春華の顔を見た。

あどけないその顔は、現実において自分が今とてつもない状態なのだと認識している様子はなく、ただ長い夢を不思議に思っている程度だ。

「そ、そっか……本当に変な夢だな」

「ええ、自分の夢ながら本当にヘンテコですけど……見ていて辛かったです」

制服に身を包んだ高校生の春華は、垣間見た未来に対して顔を少し曇らせた。

「大人の私はとても孤独で、笑っていても本当は笑っていませんでした。それが悲しいのと同時に、納得できてしまうんです。ああ、私はこんな大人になる可能性が確かにあるだろうなって……」

「春華……」

この春華はそこまで知らないが、あの大人の春華は正史と言ってもいい。

今目の前にいる春華こそそこから外れかけた存在なのだが、その彼女は本来辿《たど》るべき道をそう評する。

「でも！　私が大人になったらあんなふうにはなりません！」

「わ!?」

しんみりしていたように見えた春華だが、突如として声を大にして力いっぱいにそう宣言した。

「苦しいのはわかります！　今の私に想像できないほどに辛いのもわかります！　でもあんなに死にそうな顔になっているのに、誰にも助けを求めないなんてやっぱり理解できません！　そういうの全然格好良くないですから！」

相手が自分だからか、春華はプンプンと怒った顔で正史の自分をそう批判する。

「ましてや、大人の心一郎君にああして手を差し伸べられてるのに、あんなに冷たく拒否するのも意味がわかりません！　あれって心一郎君の言うことを正しいって認めているのにああ言ってるんですよ!?」

「お、おう……」

俺が散々過去の自分を呪ったのに対して、春華はまだ見ぬ未来の自分への不満を全開にしていた。まあ、それだけこの春華とあの大人春華が違う道を歩んでいる証明とも言えるが――

「……なあ、春華。その大人の春華のことだけどさ」

もしかしたら、今は千載一遇のチャンスなのかもしれない――そんな考えが頭をよぎり、俺は春華へと口を開いた。

「どうして大人の俺の提案を意固地に拒否していると思う？　大人の俺が言うことを正しいとは思ってくれているんだろう？」

「え？　ええと、それは……あの大人の私はよっぽど色々あったのか、考え方が私とかなり違っているので正直明確な答えが言えないんですけど……」

春華が難しそうな顔で言うが、それは無理もない。

八年後の自分なんて、今とは何もかも違う別人なのだから。

「でも……なんとなく印象だけで言うと、何かに追い立てられているような……あの大人の私は社会人なのにこう言うのも変ですけど……『大人になりたがっていて気を張っている子ども』のような……」

「……！」

その春華の考察は、俺に天啓をもたらす。

流石自分同士というべきか、それは極めて端的に大人春華の頑なさを表した表現かもしれない。

そうか……！　もしそうなら、あらゆることに説明がつく……！

「よし！　よしよしよしよし……！　これが当たっていれば今度こそいけるかもしれない！　サンキューな春華！」

「…………………」

行き詰まっていた現状に対する突破口を見つけ、俺の内では再び気持ちが燃え上がってきていた。

よし、これで少しは希望が見えて――

「……あの、心一郎君」

心の中で喝采《かっさい》していた俺に、春華のか細い声が届く。

そうしてふと少女の顔を見ると……さきほどまであったような明るさは失せており、その表情は不安の色で満ちていた。

「心一郎君は、本当に私の夢の一部なんですか……？　いえ、そもそも……私はなんでこんなところにずっと……私がここで見てきたものは……本当に夢……？」

「……っ」

「違い、ますよね……？　現実の私が心を失っていたり、心一郎君が私を救うために二度と戻ってこられないかもしれない未来に行っていたりするなんて……そんなＳＦみたいなことが本当にある訳ないですよね？　ライトノベルを読み過ぎた私の妄想に溢《あふ》れた夢なんですよね……？」

自分が見てきた夢の過剰なリアリティに気づいてしまった様子で、春華が青い顔で縋るように聞いてくる。

その様子を見るに、俺と接触したことがきっかけで急速に現状への違和感を覚えてしまったようだった。

それこそまさに……夢から覚めるように。

「……何も心配する必要はないさ春華。もうすぐ、全部が元通りになる」

俺は春華の問いかけには答えず、軽い笑みと共にそう告げる。

あるいは、俺はその元通りになった日常の中にはいないかもしれない。

普通に考えれば、その公算の方が遥かに高い。

だけど、もしも——

「なあ、春華。もしもう一度夢じゃない場所で会えたら、その時に伝えたいことがあるんだ。今度こそ、はっきりとさ」

「え……？」

「……っと、もうそろそろお目覚めか」

教室の景色が次第に曖昧《あいまい》になっていき、俺は目覚める時特有の浮遊感に包まれる。

おかしな夢だったが……おかげで弱っていた気持ちに活は入った。

後はいつも通り、作戦を考えてそれを全力で実行するのみだ。

「――っ！　ま、待ってください心一郎君！　待って！」

周囲がぼやけていく中で、春華が俺へと叫んだ。

ああ、春華。

そんなに泣きそうな顔にさせてしまってごめんな。

でも俺は行かなきゃならないんだ。

俺の死から始まったこの物語を、悲しい未来の焼き直しにしないために。

だから待っていてくれ。

春華の未来は、俺が必ず救ってみせるから。

最後に視界に焼き付いたのは、悲痛な顔で俺に向かって手を伸ばす春華の姿だった。

その光景を最後に――俺の意識は暗転した。

＊

社会人生活三年目である私――紫条院《しじょういん》春華は、自宅であるマンションの一室へ帰宅した。

「…………」

実家では毎日言っていた「ただいま」も、社会人となって一人暮らしを始めた今は口にする意味がない。

ただいつものように、真っ暗な部屋だけが私を迎える。

照明のスイッチを押して照らし出されたのは、一人では広すぎる華美な部屋だった。

一人暮らしをするにあたって、お父様がせめてセキュリティが最高の物件をと押しつけてきたものだけど――

「……そういうのが嫌なんですよお父様」

大学卒業後は少し距離が出来てしまった父へ、私はつい褒められたものではない呟《つぶや》きを発してしまった。

スーツの上着とスカートを脱ぐと、私はシャツ一枚でベッドの上に倒れ込んだ。

この寝具も照明もカーテンも絨毯《じゅうたん》も――全てお父様が寄越してきた高級品だった。

勤め始めて三年しか経っていない私には、明らかに分不相応な品々だ。

ふと見ると、スマホにお父様からのメッセージが入っていた。

内容はいつもと同じ、私の体調や生活の調子を心配したものだった。

「…………」

それに、私はいつもの通り差し障りのない返信をする。

『大丈夫です』『元気でやっています』『職場にも慣れてきました』――

「そう……私は大丈夫です。何も心配はないんですよお父様……」

自らに言い聞かせるように、私は自分しかいない室内で呟く。

――ええ、そうです。私は普通の社会人で、普通の仕事をしているだけです。

――たとえ辛いと感じても、それが普通なんです。

――何もおかしくないいんです。だってそれが普通なんですから。

そう心の中で唱えている最中に――

ふと、先ほどの居酒屋で自分自身が口にした言葉を思い出す。

『どうしたらいいんです⁉　それともこれが普通で私がただ甘いだけなんですか⁉　どうしていつも私はこんなんばっかりなんですか……！』

……なんて甘えたことを叫んでしまったのだろう。

久しぶりに会った新浜《にいはま》君に愚痴なんて零《こぼ》してしまって、とても恥ずかしい。

（……お酒のせいですね。家族以外の人と気を抜いて飲むなんて初めてでしたし）

それと、新浜君の話が上手かったのもある。

まるで付き合いの長い友達みたいに私の機微をよく捉《とら》えており、とても心地よい気分で話させてくれたから――

（新浜君は……とても立派になっていましたね）

就職した職場は最悪だったと言っていたけれど、新浜君自身は見違えるほどに大人になっていた。

やや大人しかった高校時代とは打って変わって力強く、話し方も上手くなっており……

そして他人を想う優しさがあった。

(再会したばかりの私を、どうしてあそこまで真剣に……)

大学進学後、私は数え切れないほどの男性に誘われる内に、自分が異性を極めて強く惹《ひ》き付ける容姿であることを悟らざるを得なかった。

けれど、それは極めて多くのトラブルを呼び込む種にしかならず……その最中で私は男性に対する一定の警戒心と、下心を量る目が養われてしまった。

(けれど、新浜君の瞳《ひとみ》にはありえないほどに下心がなくて……)

男性からのお誘いはどんな些細《ささい》なことでも断っている私だけど、あの時は彼への関心が抑えられなかった。

私の外見に気を引かれた気配はまるでなく、ただ私の内面のみに目を向けてくれていたから——

「……ごめんなさい……」

そんな彼が懇願するように言ってくれたこと——職場を辞めてほしいという提案を私は冷たく拒否した。

彼には申し訳ないと思うし、提案が間違っているとは思わない。

ブラック企業で酷いケースをたびたび見たという彼の言葉は、ただの思いつきではない重みがあった。

けれど……。

「それだけは……駄目です」

それだけは、どうあっても聞き入れることはできない。

どれだけ正しくても、それは許容できない。

「…………」

私は自分のお給料では到底手が届かないはずのマンションの一室で、高価すぎる家具類を見回す。

この部屋こそが……自分が大企業の社長令嬢という事実と、その生まれながらの特権をこれ以上ないほどに突きつけてくる。

私の価値は私の外にしかないのだと、そう言われているような気さえする。

「辞める訳には……いきません……」

そうしてしまったが最後——私はいよいよバラバラになってしまうだろうから。

*

「え……？」

最初に知覚したのは夕暮れのオレンジ色に染められたその部屋と、そこに満ちる本の匂いだった。

続いて耳に届いたのは、窓の外から響く運動部のかけ声と吹奏楽部の演奏。

だけどそのどちらも決して耳障りではなく、むしろ自分が今立っているこの場所の穏やかな静寂を強調させる。

「……学校の……図書室……？」

スーツ姿の私——紫条院春華は、思いがけない光景に困惑する。

私は確か……ベッドの上でまどろんでいて……。

「……夢……ですか。なんだか妙に生々しいですけど……」

今目の前に広がっている明晰夢《めいせきむ》は、なんとも妙なものだった。

まずディテールが非常に細かい。もう七年前に卒業した高校の図書室の記憶であるはずなのに、机のキズや並ぶ本のタイトルまで鮮明だ。

しかも、普通こういった学生時代の夢を見る時は、自分もまた学生に戻っている場合が殆《ほとん》どだ。

けど、今の自分は大人のスーツ姿で図書室の隅に佇《たたず》んでいる。

「どうして高校時代の夢なんて……この時期に何もいい思い出なんて……」

母校の光景は、私に何の喜びも興味も与えなかった。

なにせ、私の学校生活はずっと灰色だった。

記憶のアルバムに保管されている大切な場面なんて何も――

『や、やりました……！　全問正解です！　これもこの勉強会を続けていた成果ですね！』

「……っ⁉」

声に反応して視線を向けると、そこには学生服に身を包んだ十代の『私』がいた。

かつての私。

人に好かれたくて、けれど好かれる努力をしようとしていなかったあの頃。

まだ無邪気で、未来があらゆる問題を解決すると能天気でいた子供の自分。

そして――

『おお、やったじゃんか紫条院さん！　公式バッチリ使えているよ！』

『ふふ、なにもかも新浜君のおかげです！　毎日勉強を教えてくれて本当にありがとうございます！』

「…………え？」

有り得ない光景に、私は瞠目《どうもく》した。

そこにいたのは、学生服姿の……高校生の新浜君だった。

参考書やノートを広げている彼は、どうやら『私』に勉強を教えているらしかった。

高校生の新浜君と『私』、その二人は何故か一つの机で仲良く隣り合っている。

その距離はとても近くて、『私』は彼をとても信頼している様子だった。

けど、私は彼とこんな時間を過ごした記憶なんてない。

そもそもこの時期の新浜君は、もっと大人しい性格で——

——不意に、場面が転換した。

困惑する暇すらなく、私は別の場所に立っていた。

場所は図書室から移り、今度は教室のようだけど——

「お祭り……文化祭……？」

学校内は大量の生徒や来場客で賑《にぎ》わって、校舎内は喧噪《けんそう》に満ちていた。

あちこちから食べ物の美味《おい》しそうな匂いが漂っており、誰しも笑みを浮かべて楽しそうにしている。

『あははは……っ！　忙しいです！　頭がこんがらがりそうです！』

『私』の声が響き、反射的にそちらへ視線を向ける。

何故か『私』は浴衣《ゆかた》を着ており、忙しなくタコ焼きが載った紙皿やドリンクをお客に提供している。

「……タコ焼きの屋台……？　この時は確かウチのクラスは簡単な展示で——」

夢とは荒唐無稽《こうとうむけい》なものかもしれないけれど、その改変が過ぎる光景に私は呆然《ぼうぜん》としてしまった。

周囲に立ちこめるタコ焼きの匂いも、飾り立てられた教室の内装もとてもリアルで……まるでこれが真実だったのかと錯覚してしまいそうになる。

『なのに変です！　こんなに忙しいのに……すっごく楽しいです……っ！』

「…………」

夢の中の『私』は汗だくになりながらも、心から楽しそうに笑っていた。

まるで昔好きだったライトノベルの一シーンのようなこの時間を、全身全霊で満喫している。

『ははっ……！　確かに変かもな！』

『私』の声に応えたのは、法被《はっぴ》を羽織ってタコ焼きを作り続ける新浜君だった。

彼もまた汗だくになりながら、仕事に忙殺されていた。

『俺もメチャクチャ忙しくて死にそうだけど……メチャクチャ楽しくなってきたっ！』

当時は大人しい性格だったはずの新浜君もまた快活な笑みを浮かべて、『私』と気持ちを同じくしている様子だった。

私が知らない何かが、この二人の間には見えたような気がした。

――――再び、場面転換。

今度は、昼休みの教室のようだった。

『ふう、やっとお昼ですね！　もうお腹がペコペコです！』

『ほほう、その玉子焼き超美味しそうですね春華。この茹《ゆ》でただけのブロッコリーと交換しませんか？』

『いや美月《みつき》……酷い交換レートだってそれ。せめてベーコン巻きくらいは差し出さないとダメだってばー』

「…………」

そこに広がっていたのは、またしても有り得ない光景だった。

いつも孤独に過ごしていたはずの『私』の周囲には、とても親しげに接してくれる二人の女生徒がいた。

その二人の女子は、まるで接点がなかったはずだった。

辛うじて名前は憶えているけれど、こんな風に仲良くお昼を一緒にとっていた記憶なんてない。

その虚構であるはずの光景の中で――『私』は多くの普通の女子のように、ただ楽しそうにお喋《しゃべ》りに興じていた。

そして――そこからもどんどん場面は移り変わる。

――場面転換、私の実家。

目を疑うことに、そこに新浜君が遊びにきていた。

『私』が連れてきた男友達にお父様は激烈な反応を示してしまうけど、新浜君は何をどうやったのか、お父様から一定の信頼を勝ち取っていた。

そして、『私』は彼を自室に招いてお茶会に興じ——満ち足りた微笑みを浮かべていた。

——場面転換、球技大会。

他の女子たちとのやりとりは最低限だったはずの『私』は、練習中に彼女たちと多くの声を交わし合っていた。

『私』のミスで負けてしまった後も、彼女らは『ドンマイ！』『いいっていいって！　けっこー楽しかったし！』『後は男子にまかせよ！』と優しい言葉をかけてくれていた。

……そんな一幕は、やはり私の記憶にはない。

——場面転換、太陽が輝く夏の海。

『私』は自分で選んだとおぼしき水着を着て、多くの友達と夏の海を謳歌《おうか》していた。

そこには、理想とした青春の全てが凝縮されていた。

夏休みの、灼熱《しゃくねつ》の太陽の下に広がる海。

何の気兼ねもなく話せる親しい友人たち。

皆と一緒に、楽しいことだけを味わう至福の時間がそこにはあった。

「……なんですか、これ……」

次々と流転する場面は、全て私が知らないものだった。

しかも、あやふやな願望ではなく残酷なまでにリアルだ。

何もかもが違う、まるでSF小説でよくあるパラレルワールドのような光景。

その最も大きな違いは、他ならぬ新浜君の存在だった。

大人しい性格だったはずの彼は、この夢の中では信じられないほどに力強くなっており、いつも私を助けてくれていた。

気落ちした私を励ましてくれたり、勉強を教えてくれたり、思い描いていた文化祭を実現してくれたり、海に誘ってくれたり――

ダメな少女でしかない私を、漫画に登場する都合のいいヒーローのように救済していく。

「どうして……」

零れ出た私の声は、上ずっていた。

胸の内に抑えきれない感情が渦巻き、ふつふつと荒ぶり始める。

――さらに場面転換。

『私』はとうとう彼を心一郎君と名前で呼ぶようになっていた。

彼からも春華と名前で呼んでもらえるようになり、気恥ずかしさに頬を紅潮させた『私』はとても嬉《うれ》しそうに微笑んでいた。

「どうして……！」

――さらに場面転換。

アルバイトを始めた『私』は、大人に交じって働くことで乏しかった自信をも深めつつあった。

そんな『私』を褒めてくれる新浜君と過ごす時間はとても楽しそうで……『私』の世界は欠けることのない完璧《かんぺき》へと限りなく近づいていく。

この私の妄想のような夢のありとあらゆる場面で……『私』は笑っていた。

楽しくて、嬉しくて、友達と一緒にいる時間が心地好《よ》いとその表情は語る。

中でも、新浜君と一緒にいる時は心地好い安らぎとほのかな熱を抱いており、それが格別に『私』を満たしているのがわかる。

欲しかった青春の全てを手に入れた『私』に悲嘆の陰は欠片《かけら》もなく、ただ喜びだけが満ちていた。

「どうして……こんな綺麗《きれい》なものを見せつけるんですか……!!」

いつの間にか最初の場面――図書室に戻ってきていた私は、あまりにも酷すぎる夢に向かって叫んだ。

「なんなんですかこれは……！　私はっ！　私は……こうならなかったのに……っ！」

自分の夢に激情を露わにするなんて、我ながら滑稽《こっけい》でもあった。

けれど、胸に生まれた慟哭《どうこく》は消えてくれない。

「こんな都合の良すぎる妄想を……なんで……！」

「――ええ、確かに貴女の言う通りです」

「っ⁉」

背後から聞こえた声にハッとして振り返ると、そこには学生服に身を包んだ十代の『私』が立っていた。

「私の日常を変えてくれたのは心一郎君です。神様がそう仕向けてくれたみたいに……ある日私を救いに現れてくれたんです」

真っ直ぐに私を見据えるその瞳《ひとみ》には明確な意思が宿っており、私の記憶が作り出した存在ではないのだと、直感的にわかった。

「……やっと色んなことがはっきりしてきました。さっきの心一郎君と同じで、今目の前にいる大人の私も夢じゃなくて、一つの現実で……心の内側がつながっているからこそ、私からも思い出が逆流したんですね……」

今の私からすれば幼いとすら言えるその少女が言うことは、よく意味が理解できない。

ただ、こちらに向ける視線はとても痛ましそうだった。

この私という存在そのものが、とても悲しいとでも言うように。

「貴女は……ある意味私の理想です。どんなに辛くても頑張ってきたのは子どもの私から見ても凄《すご》いことだと思います。けど――」

あどけない容姿をした『私』は、言い辛そうに続ける。

「頑張れる大人になった貴女の顔からは……笑顔が消えてしまっています」

「――っ！」

　何を……いきなり出てきて何を言って……！

「だから……お願いです。貴女を救おうとしている心一郎君を信じて、言葉を聞き入れてください。自分の今までを否定するのは本当に辛いことですけど……今が幸せじゃないなら手を伸ばさないといけないんです」

　その言葉に、私の中でさらなる激情が渦巻いてしまう。

　やはりこの『私』と私は全然違う存在だ。

　まさか、そんなことを言い出すだなんて……！

「なんですかそれは……！　救いなんて要りません！　私は助けられてはいけないんです！」

　自分が否定されないように、私は必死に叫ぶ。

　人に助けられてばかりで安寧を貪《むさぼ》るなんて、ただの子どもでしかない……！

「貴女なんか……っ！　私が否定しないといけない存在です！　都合良く、ただ優しくて強い人に救われた私なんて……！」

　私が救われるとしたら、それは自分の手でもたらさないといけない。

　他人の手を受け入れてしまったら……私という存在にいよいよ価値はなくなる。

「ええ、確かに私は他人に助けられてばかりかもしれません。けど！　助けられることがいけないなんてことは絶対にありません……！」

私が高校生だった時とは比べものにならない強さで、『私』は叫ぶ私に一歩も引かずに自分の意志をはっきりと示してきた。

「そもそも欠点だらけの私たちが自分の何もかもを自力で救済しようだなんて無理なんですよ！　いいえ、私たちだけじゃなくて殆《ほとん》どの人はそうです！　だから誰だって、親しい誰かに自分を補ってもらうんです！」

子どもの純粋さのままに、『私』は確信を持った力強い言葉を私に告げる。

「貴女が重ねてきた苦しみも知らないで口を挟むのは、本当に生意気だって自分でも思います！　けれど……！」

感情を露わにした『私』は、訴えるようにして叫ぶ。

「貴女が理想とした未来は、こうじゃなかったでしょう……！」

「……っ！」

『私』の言葉が、胸に深く突き刺さる。

この夢という心が剝《む》き出《だ》しにされる空間において——胸の内の深いところまで抉《えぐ》られていくようだった。

「わたし、は……」

あまりにも純粋で強い確信がこもった言葉に何か反論しようとして——

周囲の景色が徐々に形を失っているのに気付いた。

どうやら、この奇妙極まりない夢も終わりのようだった。

「お願いです……どうか心一郎君の想いを汲《く》んでください」

夢の全てがほどけて消え去っていく中で、『私』はなおも言葉を紡いでいた。

「貴女が知らない私のためなんかじゃなくて……今そうやって確かに生きている貴女自身のために」

最後に、『私』のそんな声が聞こえてきて――

私は、眠りの世界から現実に浮上していくのがわかった。

＊

「………………」

汗で濡《ぬ》れたシャツと下着だけを身に着けて眠ってしまっていたとおぼしき私は、窓から差し込む朝日で目を覚ました。

（……………私……なんて夢を……）

ベッドの上で半身を起こした私は、思わず両目を手で覆った。

ひどく鮮明で映画の中に入り込んでしまったかのような夢は、目覚めた今も薄れることなく記憶に残っている。

(何もかも私に都合がいい青春……あれが私の深層心理の表れなんですか……?)

だとすれば、自分自身の甘えに呆《あき》れてしまう。

あんなにも甘く優しい世界を夢見てしまうなんて……今の自分の頑張りを自分で否定してしまった気分だった。

不意に、夢の中で高校生の『私』が訴えたことが脳裏に蘇《よみがえ》る。

その言葉と、大人の私を痛ましく思うようなその表情も。

「子どもの私に……何がわかるって言うんですか」

汗でべったりと肌に張りついたシャツに不快感を覚えつつ、私は呟《つぶや》いた。

私は頑張らないといけない。もっともっと頑張らないといけない。

求めるものはもっと強い自分であって、誰かからの救済じゃない。

(ええ、私は大丈夫です……あんな夢を見たからって、何も――)

そもそも、あんなのはただの夢だ。こんなにも心を乱す必要なんてない。

(けれど……もし……)

もしあの夢の通りになっていたら。

あんなふうに強くて優しくて頼れる新浜君が、無二の友達としてずっと側にいてくれたのならば。

過去は不可逆だとしても、今からでもあんなふうに寂しい自分に寄り添ってくれる人がいたのなら――

「………………」

その妄想を楽しんでいる自分に気付き、恥ずかしさにカッと頬が熱くなる。

寂しい学生時代を送った自分が、いかに青春に未練を感じているかを再認識してしまう。

（……馬鹿馬鹿しいです。あんな夢は、新浜君と再会したことが影響してただ高校時代を思い出してしまっただけで――）

そう自分に言い聞かせるように胸中で呟くと、自然と脳裏に新浜君の姿が浮かんでいた。

夢に出てきた高校生の新浜君ではなく、昨日に現実で会った大人の新浜君が。

「そういえば……昨日はひどい態度でしたね、私……」

こうしてお酒が抜けた頭で考えると、あの態度はまるで癇癪《かんしやく》を起こした子どものようだったと恥ずかしくなる。

新浜君の言葉は、下心の欠片もなくただただ真剣だった。

本気で私の状況を心配してくれているのは間違いない。

彼の提案は受け入れられないとしても、あんなにも取り付く島もない拒絶だけを示して席を立ってしまうなんて、あまりにも礼を失していた。

そして、私がベッドの上で自己嫌悪を抱いていると――

コミカルな電子音――メッセージの着信を通知するために設定しているものがスマホから鳴り響いた。

（……またお父様ですか？）

私はため息をついて、ベッドの側に置いていたスマホに手を伸ばす。

お父様は私のことがとにかく心配らしく、休みの日は朝からメッセージを送ってくることも珍しくない。

「え……？」

だけど、私の予想は予期せぬ形で裏切られる。

スマホに届いていたのはチャットアプリではなく、電話番号だけで送れるショートメッセージであり……。

その文面には、『新浜心一郎です』と表示されていた。

六　章　焦がれた想いを、凍てついた君の心に

土曜日の朝。

俺──新浜心一郎《にいはましんいちろう》は、一番マシなシャツとスラックスを着て街外れにある臨海公園に立っていた。

ここは繁華街からさほど離れていないにもかかわらず海が望める人気スポットであり、カップルから家族連れまで幅広い層に愛されている場所だ。

今俺はここで、大人の春華《はるか》がやってくるのを待っている。

(まさか、こうもあっさりともう一度会う約束を取り付けられるなんて……願ってもないことだけどかなり予想外だな)

俺は昨日にあの不思議な夢から目を覚ました後──大人春華と再度接触するべく動き出した。

とはいえその道のりは困難極まることが予想され、俺は頭を抱えて悩んだ。

なにせ、俺たちはこの時代における友好の儀式──チャットアプリの連絡先を教え合う

ということをしていない。

昨日の酒の席でも拒絶されて席を立たれてしまった訳であり、常識的な観点から見れば、俺たちの縁はもはや限りなくか細い。

とりあえず居酒屋で貰《もら》った名刺に記載されていた電話番号へショートメッセージを送ることにしたのだが、その内容はどうするのかと死ぬほど悩み——

結論として、昨日、踏み込みすぎて怒らせてしまったことを謝罪したいと申し出たのだ。

（まあ、それはあくまで会話のとっかかりのつもりだったけどな。そこからなんとかしてメッセージのやり取りが出来ればと思ったけど——）

だが返ってきたメッセージは、まるで予期しないものだった。

『いいえ、私こそ昨日は本当に態度が悪くて申し訳ありませんでした。出来れば直接会ってお詫《わ》びをさせてください』

その驚きの返信に目を丸くしつつ、俺はそれをすぐに了承した。

こうして願ってもない状況になった訳だが——

（お詫びしたいにせよ電話一本で済ませようとせず、直接会うことを提案してくれるとはな……まあ、考えてみればド真面目で礼儀正しい春華らしいか）

一応、最後の手段として、春華の今の状況を紫条院《しじょういん》家に伝えることを仄《ほの》めかすという手も考えていた。

尤も、それは脅しにも等しい手なので使わずに済んで良かったが……。

（……紫条院家に春華の現状を伝える、か。まあ、それが一番簡単で手っ取り早い手段であるのはわかっているんだけどな）

春華が酷いパワハラを受けていることを時宗《ときむね》さんが知れば、有無を言わさず春華を職場から引き離すだろう。

そして春華はそれに抗する術《すべ》などなく、俺の目的はあっさり達成することとなる。

（でも……きっとそれじゃダメなんだ）

この一周目世界に再び降り立った時は、ただパワハラから遠ざけさえすれば春華を救えると思っていた。

けど今は……ただそれだけで全てが解決するとはどうしても思えない。

『でも……駄目なんです。私は一歩引いたらもうお終いですから、それを受け入れることはできません』

思い出すのは、春華の明確な拒絶。

辞めてほしいという俺の願いを正論と認めつつも淡々と告げる、強固な意志の言葉だった。

（春華は……心に凝り固まった何かを抱えている……）

ただ真面目すぎるが故にパワハラに耐えているのではなく、春華の胸にある強固な想いが彼女に逃げることを許さない。

焦燥感、もしくは強迫観念とすら言える何かが、彼女を縛っている。

それを氷解させない限り……無理やりに職場から遠ざけようとも、春華が抱える破滅への内的要因はそのままだ。

（何にせよこれがほぼラストチャンスだ……もうこれ以上は後がないと思った方がいい）

のしかかるプレッシャーは、臓腑《ぞうふ》を締め付けるようだった。

だが不思議と、焦燥感や自分を押《お》し潰《つぶ》してしまいそうな気負いはなかった。

（夢見が良かったからな……はは、夢で春華と話せたら気力が回復するってホント単純な男だな俺）

そうして自分で苦笑していると――

「お待たせしました新浜君」

「……っ！」

そこには、私服に身を包んだ大人の春華がいた。

まず目を引くのはブルーのロングスカートだった。

ボタン式のデザインであるそれは脚の全てを覆うからこそ貞淑な大人のイメージを増幅させており、清廉さと奥ゆかしさがある。

トップはフワフワした白いセーターであり、高校生の時よりもさらに豊満になったボデイラインをくっきりと浮き上がらせており……なんというかとても悩ましい。

肩から提げているバッグを含めて華美さを抑えた大人しいコーディネートだったが、春華の大人としての魅力をよく引き立てていた。

「あ、いや……俺も今来たところだ。足を運ばせて悪かったな」

「……？　どうしたんですか？　なんだか顔が赤いですけど……」

「えと、その……恥ずかしながら女の人と待ち合わせなんてするのは初めてでさ。どうも慣れてないいんだ」

本当を言えば、二周目世界で春華とは何度も待ち合わせをした。

とはいえ、この大人の状態では本当に初めてなので嘘という訳でもない。

「ふふ、私も似たようなものですよ。服を選ぼうにも地味なものしか買ってないので少し迷っちゃいました」

俺の狼狽《ろうばい》をどう捉《とら》えたのか、春華は面白そうにくすりと笑った。

その零《こぼ》れる笑みは、高校時代とまるで変わりない。

（……なんか、思ったより態度が柔らかいな？）

彼女が昨晩のことで俺に謝りたいというのは本当だろう。

紫条院春華とはそういう礼儀正しすぎる人間だ。

ただ、それにしてもあの喧嘩《けんか》のような一幕の後なので、あまり明るい雰囲気にはならないかもと思っていたが……。

（ん……？）

ふと気付けば、春華は俺の顔へチラチラと視線を送っていた。

一体何がそんなに気になるのか、瞳《ひとみ》には強い興味の色があるように見える。

「ええと……俺の顔に何かついてるか？　これでも一応身だしなみは整えてきたつもりだけど……」

「あ、いえ……その、夢と同じ感じ……い、いえ、ではなくて、本当に高校時代とは雰囲気が変わったなって……」

「そうか？　まあ、確かにあの頃と比べたらなぁ」

ただおそらく、一周目の社畜真っ盛りな二十五歳の俺が春華とこうして再会しても、こうも軽快に話すことはできなかっただろう。

今の俺の力になっているのは、最悪のままに死んだ生涯への後悔だけじゃない。

二周目世界で春華と過ごした幸福な日々もまた、俺の心に熱量を与えてくれているのだ。

「それにしても……待ち合わせ場所はお任せしてしまいましたけど、ここはとてもいいところですね」

春華が周囲を見渡して感心したように言う。

この臨海公園は園内カフェやバーベキュー場があるほどの広さと豊富な緑があるのだが、

そんな雰囲気をどうやら気に入ってくれたようだ。

「ああ、俺も昔家族と来たっきりだったけどな。せっかくだから少し歩いてもいいか？」

「そう……ですね。では、そうしましょうか」

特に色っぽい目的での待ち合わせではなかったはずだったが、まるで大人の初デートのようなやり取りをして、俺たちは歩き始める。

風にそよぐ木々のざわめきは、とても穏やかだった。

＊

「ああ……とても気持ちいいですね」

青々と茂った木々が緑の香りを醸し出す中で、俺たちは公園の南にある高台を目指して歩いていた。

春華は思ったよりもリラックスしている様子で、池でカモが水浴びしている様子や綺麗《きれい》に育てられた花の香りを楽しんでいるようだった。

「しかし驚いたよ。俺が昨晩のことを謝りたいって連絡したら、逆に紫条院さんの方が謝りたいって言うんだからさ」

「それは……本当に失礼な態度だったと反省したんです。そういう時は、やっぱりちゃんと謝らないといけません」

「生真面目だなあ……本当に紫条院さんって感じだ」

「……そう、ですか？　私は高校の頃からそんな感じでしたか？」

「ああ、そうさ。真面目でちょっとぽやっとしてて、けど皆に優しい。そういう女の子だったよ」

「……そ、そうですか……」

俺が正直な感想を述べると、春華は少し恥ずかしそうに顔を逸らした。

……む、いかん。

ちょっと高校時代の春華を相手にするノリで正直に言いすぎたかもしれん。

そんな調子で話しながら、俺たちはこの臨海公園の最大の人気スポットである高台に足を踏み入れて、長い階段を上っていく。

空気に潮の香りが混じり始め、周囲から木々が消えていく。

そして、長かった階段を上りきった先には——

「わぁ……！」

その先に広がっていた景色に、春華は歓声を上げた。

俺たちの前に広がっているのは、果てのない蒼海《そうかい》だった。

今日は天候にも恵まれており、燦々《さんさん》と輝く太陽に照らされた海原はキラキラと輝き見る者を圧倒する。

「綺麗、ですね……」

まるで初めて海にやってきた子どものように、春華は憧憬《しょうけい》と感嘆が入り交じった表情で海を見つめる。

俺自身が体験したことだが、山や海といった雄大な自然は大人の心に響く。

そのあまりにも巨大なスケールの美しさは、人間のちっぽけさを浮き彫りにすると同時に――俺たちが抱える悩みもまた自然の前では小さなことだと癒やしてくれるのだ。

「……変ですね、私……見ようと思えばいつでも見られたはずの景色なのに……何だか泣きたいくらいに綺麗だと感じてしまいました」

「なら良かった。コンクリートジャングルで疲れているだろうから、こういう景色を見たら少しは気持ちが楽になるかと思ったんだけど……そう言ってもらえてホッとしたよ」

アイデアの元は、二周目世界で海に行った経験だ。

子どもの頃に比べて社会で疲労した大人は自然に癒やしを見出す――俺自身がそれをよく実感していた故のチョイスである。

「ふふ……本当に気遣いが上手になりましたね新浜君は。あの頃を知っている身としては感慨深いです」

「なんかその言い方、しばらくぶりに会う親戚《しんせき》みたいだな……」

「あはは、でも、新浜君は本当にカッコよくなりましたよ。私が保証します」

太陽の輝きと寄せる波音がそうさせたのか、大人の春華は相好を崩してこれまでで一番柔和な笑みを見せた。

この笑みだけを見ていたら、彼女が抱える問題なんて何もないように見える。

けれど——

「その……今日はまた会ってくれてありがとうな。昨日はいきなりお節介なことを言い出して悪かった」

「……いいえ、メッセージでも伝えた通り、謝るべきなのは私です」

俺が本題を切り出すと、春華の顔から快活な笑顔は薄れ——昨日も見たあの哀しそうな陰が顔に滲《にじ》む。

俺が嫌いなあの顔に、戻ってしまっていた。

「新浜君が真剣に私のことを想って、強く言ってくれたのはわかっていました。それなのに私は反射的にバッサリと拒絶した上にあの場で席を立ってしまって……本当に礼儀知らずな行動でした」

俺からすればそんなに謝られることではないのだが、春華は深々と俺に頭を下げる。

こういう所は本当に春華っぽいが——

「けれどそれでも……仕事から離れるという新浜君の提案は受け入れられません」

「…………」

　頭を上げた春華は、さっきまでの柔和な表情が嘘のように陰のあるひどく冷たい顔をしており、交渉の余地はないとばかりに冷然と告げた。

「今日私が新浜君に直接会いたいと提案したのは、二つの理由があります。一つは顔を合わせてきちんと昨日のことを謝るべきだと思ったこと。そしてもう一つは、新浜君の提案は受け入れられないと改めて伝えるためです」

　それが本題とばかりに、春華はスラスラと言葉を紡ぐ。

　感情を込めずに、ただ淡々とした声で。

「新浜君は、本当に仕事で潰れる人を見てきたんでしょう。だからこそ、私の話を聞いてひどく心配してくれたのはわかります」

　春華は冷たい決意で覆われた瞳で俺を見ていた。

　好意も善意も要らないと、そう言わんばかりに。

「けれど、私は大丈夫ですし今の自分を変える気はありません。だから、新浜君も私なんかにこれ以上時間を割く必要はないと、顔を合わせてはっきり伝えたかったんです」

　言葉遣いこそ礼儀正しくて整然としていたが、それは昨日よりもさらに明確な拒絶の言葉だった。

　この話に関して、これ以上は話し合う余地がないという絶縁宣言だ。

「……そうか。言いたいことはわかったよ」

俺の目的を真っ向から否定する宣言に、ショックを受けていないと言えば嘘になる。

だが俺は努めて平静を装い、静かに応じる。

（春華がそういうスタンスなのはわかっていた。問題は……ここからだ）

俺は紫条院春華という人間をよく知っている。

天然で、生真面目で、自罰的で、柔らかい雰囲気を持つが意志は強い。

だから、ここで焦って強く説得するなんてのは悪手。

目指すべきは——春華にこう言わせている要因にヒビを入れて砕いてしまうことだ。

「俺は……勘違いをしていたよ」

「え……？」

こちらの意図が読めない様子で春華が困惑した顔を見せたが、俺は構わず続けた。

「高校の時、紫条院さんを初めて見て衝撃を受けたよ。美人で優しくてオマケに社長令嬢……こんなにも天に愛された人がいるんだって驚くほどだった」

「な……っ!?」

俺の素直な第一印象を聞いて、春華は恥ずかしそうに呻《うめ》いた。

これは別に持ち上げている訳ではなく単なる本心だ。

目の前に天使がいるのだと本気で思えたのは、後にも先にもあの時だけだろう。

そう俺は――彼女を勝手に天上の人だと位置づけたんだ。

「この人が見えている景色はとてもキラキラしていて、世界がバラ色なんだろうなと……そう思っていたんだ」

単純なスペックでしか世界を量れなかったあの頃は特にそうだった。

美人やイケメン、秀才やスポーツマンの人生はそれだけで輝いているのだと、そう信じ込んでいた。

「けど、今ではそれがとんでもない間違いだったと確信してる。俺だけじゃなくて、きっと紫条院さんの周囲にいた同年代のほぼ全員が勘違いしていたんだろうけどさ」

幼少時から春華に嫌がらせをしていたという女子たちも、おそらく『綺麗な世界を独り占めするお姫様はズルい』という思いがあったのだろう。

恵まれた人の世界は無条件でイージーだと、凡人たちは思い込む。

「その確信を元に……俺は考えたよ。俺の提案を正論だと認めているのに、どうしてあんなにも紫条院さんは仕事を辞めることをタブー視するのか、ご両親に現状を黙ってまで勤め続ける理由なんてあるのかってさ」

夢の中で、高校生の春華は大人の自分を評して言った。

『大人になりたがっていて気を張っている子ども』のようだと。

この見方が正しい場合、春華がなりたがっている『大人』とは何か。

その線から考えて、そもそもの春華の性格と大人春華の言動を思い返せば――

答えはもう、一つしかなかった。

「紫条院さんは……自分はまるで価値がない人間なんだって思ってるんだろう？」

「…………っ!!」

春華の反応は如実だった。

衝撃に震えたまま固まり、微動だにしない。

その反応こそが、俺の指摘の正しさを証明していた。

「自分は普通じゃない。正しく成長できないままに大人になってしまったとか……そんなことを考えているんじゃないか？」

それは、誰もが大なり小なり思うことだ。自分が完全に大人になれたと思える奴なんてほぼいないだろう。

だが春華の場合――おそらくその思いが極めて深い。

それが、自分を蝕《むしば》む呪いとなってしまうほどに。

「……だったら、何なんですか……」

春華の内面を詳《つまび》らかにする俺に、怒りが滲んだ声が届く。

それは本当に珍しい、感情が負の方向に荒ぶった春華の声だった。

「ええ、そうです……私は無価値な人間なんですよ。心の底からそう思っています。もっとも、そう言ったら誰もが私の言葉を否定しますけど」

自嘲《じちょう》するように、春華は哀しい顔で笑う。

「私は恵まれているんだと誰もが言います。ええ、それはその通りです。けど、それは——単に私が生まれ持ったもので、私自身の価値じゃありません」

自嘲を深めるように、春華は薄く笑う。

「ずっと……友達が欲しかったんです。けど、それが叶《かな》うことはありませんでした」

感情の蓋《ふた》から滲み出てくるような悲しみがこもった声で、春華は語り出した。

「小学生の時も中学の時も高校の時も大学の時も……！　みんなが当たり前に叶えていることを、私だけができない！　親しくなろうにも女子は誰もが私から距離を取ってばかりで……私の中身に何も魅力がないからです！」

春華がどれだけ友達を渇望していたか、二周目世界で俺は知っている。

だからこそ、この大人の春華の泣くような叫びは聞いていて辛い。

「やりたいことはいっぱいありました！　けど、それを実現しようと勇気を出しても、私がいるとクラスもサークルもどこかギクシャクして、いつも上手くいかない！　結局何の楽しい思い出もない灰色の青春だけが残って……！」

それは、俺のようなどこにでもいる陰キャと変わりない悲哀だった。

誰もが天上の人だと信じて疑わない天使は……日陰者たちと同じく日の当たる場所が欲

しいと願っていたのだと、果たして誰が思うだろうか。

「私は……普通が欲しかったんです！　普通に友達を作って、普通に学校生活を楽しんで、当たり前の青春を謳歌《おうか》したかった……！　けど、いつも次こそはと意気込んでも、何も手に入りませんでした！　ずっとずっと……二十年以上も！」

その悲哀の気配は、二周目世界の春華からも感じてはいた。

彼女は友達や青春の思い出を欲しており、それらを手に入れていくことで自己肯定感と心の強さを強固なものにしていった。

しかしこの一周目の春華は、それを全く手にしないままに大人になった。

『普通』であるはずのそれが欠片《かけら》も得られない自分は普通でないのだと……悲嘆だけを深めていったのだ。

「欲しいものがこんなにも摑《つか》めない人間なんて、どこかおかしいんです！　何か欠けているものがあるんです！　私は……そんな私が本当に嫌いで……！」

「だから……『大人』であることにこだわったんだな」

感情を露わにする春華に、俺は言葉を挟む。

「……ええ、そうです」

春華の瞳《ひとみ》は、うっすらと濡《ぬ》れていた。

激情のままに吐き出す自分への呪詛《じゅそ》に、涙が溢《あふ》れてしまっている。

「真っ当に働いて人や社会の役に立つ人間になろうとしました。中身がない私でも、せめてちゃんとした大人になれれば自分を少しでも好きになれそうだったから。上手く生きられない私でも、どこにでもいる何者かにはなれると思ったから！」

それだけが救いであるかのように、春華は叫ぶ。

「それさえ失ってしまったら私はもういよいよ何もないんです！　たとえ大人として辛い目に遭ったとしても……一度逃げてしまったら、臆病《おくびょう》で怠惰な私は優しすぎる実家に甘えてしまって、もう二度と頑張れないかもしれない！」

『大人』とは役割があってこそ。

役割の辛さから一度でも逃げてしまえば自分は『大人』ではない。

『大人』でない自分は最後に残された価値すら失ってしまう。

それは、俺も少なからず抱いていた考えだった。

自分が無価値な何者でもない存在になることへの恐怖――それも社畜であることを止《や》められなかった一因だ。

「だから、今の職場を辞めることはできません！　毎日職場に足を運んでいるからこそ自分を辛うじて許せるんです！　一度でも逃げてしまったら私は……私は……！」

限界まで膨れ上がった自己嫌悪を抑えきれずに、自分というものが保てなくなるのだと、春華は叫ぶ。

これが、春華が胸に抱えていたものだ。

ただでさえ自罰的だった少女は悲哀とともにその思いを募らせて……こんなふうになるまで思い詰めてしまっていた。

それは、あまりにも痛ましいが――

「……正直、黙っていられない」

「え……」

涙で頬を濡らす春華に向かって、俺は一歩前へと進み出た。

大人の春華の気持ちはわかった。

けど、そのことごとくが、全く許容できない。

「紫条院さんが思い詰めていたのはわかったよ。けど、何だよその言い草は？　自分に魅力がないとか価値がないとか……ちょっと聞き捨てならないぞ」

「……っ！　だってそうとしか言いようがないでしょう⁉　私が魅力のない人間だから友達もできずに、何もかも上手くいかないんです！」

「――そんな訳があるかっ‼」

感情が迸《ほとばし》った俺の声に、春華は驚きに固まる。

だが、正直声を荒らげずにはいられない。

紫条院春華という女の子に魅力がない？　中身がない？

ああ、駄目だよ春華。

俺の前で、それはタブー中のタブーだ……！

「なら、俺が紫条院さんの美点を並べるよ。本当にいくらでも言うから覚悟してくれ」

「え……え……？」

少なからず憤怒が滲《にじ》んでしまっているであろう俺に、春華が困惑の声を上げる。

だがもう遅い。

俺の世界一好きな女の子のことを貶《けな》すのは——たとえ春華本人でも許すことはできない。

「まず優しい。俺みたいにボソボソ声の根暗な奴でも偏見なく優しい声をかけてくれていた。殆《ほとん》どの生徒が、俺みたいなのを少なからず見下していた中で紫条院さんだけは分け隔てなくて……聖女でしかないよあんなの」

思い起こすのは、春華と図書委員をしていた陰キャ高校時代の光景だった。

お伽噺《とぎばなし》のお姫様のような少女は、社会的に評価される要素を全て持ちながら決して他人を見下さず、優しさを振りまいていた。

あの温かい笑顔を……俺なんかにも向けてくれていた。

「心遣いが素晴らしい。図書室の本も後の人のことを考えて時間をかけて整頓《せいとん》してたし、掃除の時だって係の仕事の時だって、常に誰かのために頑張ってた。そんなに几帳面《きちょうめん》にやっても、自分が何か得をする訳でもないのにさ」

どうしても自分のことばかりを考え始めるあの頃に、春華は優しさや気遣いを忘れなかった。誰かのためになることは善いことだと……そう自然に考えることができる少女だった。

「とにかく純粋だから、ちょっとしたことでも心から楽しむことができる。道端に綺麗《きれい》な花を見つけただけでも、コンビニで買ったお菓子が美味《おい》しかっただけでも幸せそうで……見ているこっちが幸せになる」

「あ、あの……新浜君……？」

想い人の長所を早口オタクのようにまくし立て始めた俺に、まだ瞳が濡れたままの春華がおずおずと声をかけてくる。

だが、まだまだ春華。

俺はまだ、全然語り足りないんだよ。

「メチャクチャ真面目でとにかく頑張り屋だ！　どんなに苦手なことでも努力して乗り越えようとする姿はマジ見習いたい！　それと絶妙にぽやぽやでドジだったりして見てると心がふわふわに癒やされる！　そしてなんと言っても笑顔が綺麗だ！　心の美しさがそのまま花になって咲いたみたいで、どんな奴だって目を奪われる！」

「いや、その……！　ま、待って……待ってください！」

臆面《おくめん》もなく春華の美点を並べ続ける俺に、春華は羞恥《しゅうち》に頬を染めたまま声を上げる。

大層恥ずかしがらせてしまっているようだが、これは全て俺の嘘偽りない本音だった。

俺はずっと紫条院春華という女の子を見てきた。

特に二周目世界においては、陰キャだった高校時代とは違ってごく近しい距離で天使すぎる少女の魅力に圧倒され続けた。

そして――今目の前にいる大人の春華も、その根本は何も変わっていない。

ただ悩み惑ってしまっているだけで、やはりあの頃の春華のままだ。

だからこそ許せない。

紫条院春華という美しい存在を、その本人が否定してしまっていることが。

「紫条院さんが今まで何一つ摑めなかったって言うのは……決して中身に魅力がなかったからじゃない。ただ単に出会いに恵まれず、歯車が嚙《か》み合わなかっただけだ。紫条院さんは普通じゃないって言ってたけど、普通のことなんだよ。程度の差はあっても誰もが経験するままならなさだ」

これは完全に確信あっての言葉だった。

なぜなら俺は、友達を作って学校生活を謳歌していた春華を知っている。

元から魅力のない人間が、俺がどう干渉しようと願った通りの青春を摑めるはずがない。

「だから……頼むから自分を信じてくれ！」

俺の口から出た言葉は、我ながらあまりにも必死だった。

「勝手に自分を不完全だなんて思い込むな！　少なくとも俺は紫条院さんがそんなにも自分を責めていることが凄《すご》く腹立たしいし、悲しくてたまらない！　本当にやめてくれよ……！」

「新浜……君……」

気付けば、俺の瞳は熱い雫《しずく》で潤んでいた。

こんなにも魅力的な春華が自分を呪っているという事実がどうしようもなく悲しくて、どうしても感情が熱を帯びてしまう。

「紫条院春華は……！　俺が今まで出会った中で誰よりも最高で素敵な女の子なんだよっ！」

心の奥底から湧き出る灼熱《しやくねつ》の感情と共に、俺は喉《のど》が張り裂けんばかりに全力で叫んだ。

＊

私──紫条院春華は呆然《ぼうぜん》と立ち尽くしていた。

再会してから最も感情を露わにした新浜君は、私が自らを否定する言葉に怒りと悲しみを見せており──感情の迸る声で私という存在を肯定していた。

「……新浜君……」

一体どうして彼がそこまで強い感情を見せているのかはわからない。

けれど私自身ですら忘れていることを掘り起こして語る新浜君の言葉には、圧倒的に強い熱を持った本気の想いしか感じられない。

こんな私を、心の底から肯定してくれていた。

（こんな……私を……）

それは乾ききってヒビ割れていた私の心に、雫となって染み入る。

私という人間に向けてくれる好意はとても甘美で、温かい雨のように渇望を癒やしていく。自分の心が彼の言葉に喜んでしまっているのを……私は自覚した。

そう思った瞬間——

（あ————）

昨晩の夢で見た、知らない記憶がフラッシュバックした。

新浜君に肯定されて温かくなっていく心と、無意識が生んだ幻であるはずの光景が——

私の感情をさらに激しく揺さぶる。

『クラスみんなでの文化祭を……楽しみだって言っていたから……』

『だから……改めて俺からも頼む。俺とメアド交換をしてくれないか？』

『だから安心してくれ。その夢も幸せも俺が守る。俺が絶対に紫条院さんを幸せにしてみせる……！』

『俺の方こそ……これからよろしくな春華』

それは、決して私の記憶じゃない。

私には与えられることがなかった、空想の出来事に過ぎない。

けれど今目の前にいる新浜君の存在と言葉が、夢に出てきた新浜君と激しく同調して、現実感が曖昧《あいまい》になる。

まるで、彼と過ごした青春時代が存在したかのように。

(ああ、そうです……心一郎君は……いつも私のことを気にかけてくれて……)

ほんの一瞬だけ——

私は出所がわからない感情で溢《あふ》れかえった。

それはまるで知らない誰かの気持ちが流れこんできたようでもあり、ひどく古い記憶が蘇《よみがえ》ったようでもあった。

「う……ぁぁ……あああああ……!」

気付けば、私は大粒の涙を零していた。

何故こんなにも胸が締め付けられるのか、どうしてこんなにも悲しみと歓喜が入り交じったグチャグチャな気持ちになるのか。

それは全然わからないけれど——心の底から確信できたことはあった。

(想って……くれています……)

突然に嗚咽《おえつ》を漏らした私に焦った様子の新浜君を、私は見つめた。

（こんな私に価値があると……心の底から感情のままに叫んでくれています……）

そんな人が一人でもここにいる。

たったそれだけの事実が、大きな空白が生じていた私の心を満たしていく。

根底から救われていくような気持ちの中で、濡《ぬ》らした頬を拭《ぬぐ》う。

『貴女が理想とした未来は、こうじゃなかったでしょう……！』

不意に、夢の中で高校生の『私』が言った言葉が脳裏に蘇る。

それは私が努めて考えないようにしていた、耳の痛い図星だった。

であれば——私が思い描いていた未来とはどんなものだったのだろう。

「私は……」

私が望んでいたもの。私はどんな大人になりたかったのか——

（私は、自分を好きになりたかった……いえ……）

そう、そもそもは——

（私の内面を好ましいと……誰かに強く言ってもらいたかったんです。そうして自分を許せるようになって、自己嫌悪を抱えない人生が欲しかった）

家族などの身内の存在からではなく、縁の外側にいる誰かに私という個人の内面を心から肯定してほしかった。

お前という人間には価値があるのだと——嘘偽りない想いで言ってほしかった。

（ああ——）

本当に、我ながらなんて安直で現金なんだろう。

自分の奥底に沈殿していた真っ黒な塊が溶けていく。

それは酷く凝り固まっており、昨日再会したばかりの新浜君の言葉で氷解するような簡単なものではなかったはずなのに。

彼の強い想いと言葉と、そこに込められた熱量が……私の心を長年の苦悶《くもん》から解き放っていく。

自分という存在を維持するために『苦痛に耐えながら大人を全うする自分』を続ける必要は……どこにもなくなっていた。

＊

俺こと新浜心一郎は、冷たい汗を流していた。

目の前にいる大人の春華に、俺は言うべきことを全て告げた。

すると、春華はしばし沈黙したかと思うと、突然に感極まったように涙を溢れさせてしまったのだ。

やらかしてしまったかと、俺は肝を冷やしたが——

「救われて……いいんでしょうか……」

涙を拭った春華は、まるで憑きものが落ちたようだった。

未だ感情は落ち着いていないように見えるが……それでも表情にはあの暗澹《あんたん》とした陰が見えなくなっている。

「昨日再会したばかりの新浜君の言葉で、私は頑なに守ってきたものを手放そうとしています。こんなに簡単に信条を変えてしまうのが、正しい大人なのでしょうか……」

「正しいに決まっているだろ？」

俺は即座に断言した。

「ずっと馬鹿な生き方をしていた俺から言わせてもらえば、それが間違った方向ならどんな努力も逆効果なんだよ。だから、今自分が歩いている道は正しいのかって常に考えるのは大事だよ。そうでなきゃ、ドツボにハマってしまった時、永遠に抜け出せない」

「……ええ、今はそう思えます。だって——」

目元を拭った春華は、真っ直ぐ前を見ていた。

「さっきまでとは世界が違って見えます。こんなにも晴れやかな気持ちになっている今は……私にとって正しいのだと実感できますから」

言って、春華は満面の笑みを浮かべた。

もはや一切の陰はなく、太陽の下で向日葵《ひまわり》が咲くような眩《まぶ》しい笑顔。

高校時代と変わらない彼女の美しい笑みが――そこにはあった。

「新浜君の言う通り……自分の生き方を考え直してみます。両親ともしっかりと話をして、私が本当に望んだ方向に歩き出すために」

(ああ――)

大人の春華が完全に呪縛から解き放たれたと確信し、俺は気が遠くなるほどの安堵《あんど》を覚えた。

良かった……本当に良かった……。

「……新浜君」

「え……」

気付けば春華は俺の目の前に立っており、その完成された美貌《びぼう》で明るい笑みを見せていた。

(う、うわぁ……やっぱり綺麗《きれい》すぎる……こりゃ確かにどうしても男がたくさん寄ってきちゃうよなぁ……)

難関すぎるミッションを完遂させた俺はようやく緊張から解き放たれており、春華の女神の如き姿に純粋に見惚《みと》れていた。

今までどこか悲しみを湛《たた》えた未亡人みたいな雰囲気だったから痛ましさが勝っていたけ

ど……この大人の美しさで子どもっぽく明るく笑うのがとてつもなく可愛い。

「私を見ていてくれて、気にかけてくれて、救おうとしてくれて——どんなに感謝しても足りません。さっき新浜君が言ってくれたことで、今私の心はとても温かくなっています」

不意に、手に柔らかいものが触れた。

春華が両手で俺の手を包み込んでいるのだと気付き、俺は顔を真っ赤に染めてしまった。

「ありがとう新浜君。こんな私のことを——ずっと諦《あきら》めないでいてくれて」

太陽の光で輝く水面よりもなお眩しい笑顔で、春華は感謝の言葉を口にする。

その瞳《ひとみ》には先ほどまでとは別の意味での涙が潤んでおり、あまりにも愛らしい。

その光景を瞼《まぶた》に焼き付けたその時——

(あ………)

不意に、視界がぼやけて足元がおぼつかなくなる。

水中にいるかのように、浮遊感が全身を包み込む。

(ああ、そうか——)

驚きはしたものの、それは予想されていたことだった。

これが意味する所はつまり——

(終わったんだな。俺の役割が)

俺はミッションを果たした。

何もかも憶測だらけのままに臨んだこのタイムリープも、この状況を見るにどうやら正解であったようだ。

もう俺は、何も見ることも聞く事もできなかった。

知覚どころか自己認識すら曖昧になっていく中で——

古い時計が刻むような、カチリという音が俺の脳裏に響いた。

▶断章◀ タイムリープの真実

俺は、またしてもあの夢——宇宙の中を漂うような空間の中にいた。

まるで水中であるかのように、身体がゆっくりと海底から海面へと浮上しているような感覚がある。

ただ知覚できるのは辛うじてそれだけであり、自分が起きているのか寝ているのか、立っているのか座っているのかもわからない。

新浜心一郎《にいはましんいちろう》という名前も——少し考えてようやく思い出せるほどに自分があやふやだった。

（……どうなるんだろうな、俺は……）

ぼんやりとそんなことを考える。

今俺は極めて不安定な状態になっており、何もかもが曖昧だ。

（春華《はるか》……）

およそ人知が及ばない状態になっている俺が思い描くのは、ただ一人の女の子のことだった。

俺は、俺の成すべきことを本当にやり遂げられたのだろうか。

あの大人の春華に迫っていた破滅を防ぎ、高校生の春華を負のタイムリープから救えたのだろうか？

（いや、負のタイムリープってのは正確じゃないな。あれは一周目世界の未来で精神崩壊した春華の記憶『だけ』が高校生の春華に流入した現象だから、あえて言うならタイムインフラックスだ。俺みたいに未来で死んだ俺の記憶と意思を引き継いで融合したタイムリープとは別もんで……あれ？）

胸中で呟《つぶや》いていると、ふと気付いた。

今俺が漂っている場所はどうやらかなりSF度の高い……アカシックなんたらみたいな空間であるようで、そこに触れている俺は知ろうと思えば何でも知ることができるようだった。

（……ああ、そっか。そういうこと……だったんだな）

存在がぼんやりしている最中である俺は、淡々と知り得ないはずの知識を得る。

一体何故、俺がタイムリープなどという奇跡を与えられたのか。

（俺を二度もタイムリープさせた奴……神にも等しい力を持つ存在……）

結論から言えば、そんな奴はいない。

タイムリープとは——世界というシステムが行う『調整』でしかないのだ。

驚くべきことだが、この世界で生きる存在にはより良い未来を引き寄せる力……運命力とでも言うべきものが存在している。

他に適切な呼び名がないから『運命』なんて言葉を使うが……これは普段からラッキーが起きやすいということではなく、強く願うことによって望む未来を引き寄せる力であるらしい。

(タイムリープがある時点でわかってはいたけど、この世界って想像以上にファンタジーだったんだな……まあ、と言っても現実に干渉するのは容易じゃないから、普通はよっぽど強い運命の持ち主じゃないとほぼ意味ないみたいだけどさ)

ちなみに俺の運命力は中の下くらいであり、まさに凡人の星の下に生まれてきたようだ。

……悲しいなぁ。

とはいえ俺以外の人間も普通はそんなものであり、奇跡とは基本的に普通の人間の手から遠い所にある。

だが……ごく希に、天に愛されたとしか言いようがないほどの桁違《けたちが》いな運命力を持つ存在が現れる。

願ったことをことごとく叶《かな》えて繁栄してきた血筋——紫条院《しじょういん》家がそうだ。

(バイト先で時宗《ときむね》さんが話してくれた『救い主』の話は……そういうことだったんだな)

紫条院家の直系である人間がピンチに陥った時に、それを打開する力を持った人物がご都合主義のように現れて一族を救ってくれるという言い伝え――それは間違いなく運命力が呼び込んでいるものだ。

都合のいい奇跡は、派手な超常現象ではなく意外と現実にフィットした形――すなわち有能な味方や救世主を呼び込むという形式で発現することが多い。

実は、時宗社長が紫条院家に婿入りしたのもその影響である。

（時宗さんは笑い話にしてたけど……まさか自分の奥さんがダイレクトに不思議パワーを発揮してたとは思わないだろうなぁ）

春華のお母さん――紫条院秋子《あきこ》さんは、若い頃に二つのことを強く願った。

一つは『経営不振に陥っている紫条院グループが救われてほしい』という当時苦境にあった実家を心配しての願い。

もう一つは『政略結婚とか絶対イヤ！　理想の人と巡り合って結ばれたい！』という少女漫画のような恋がしたいという熱烈な願望だ。

その結果、『経営の天才かつ秋子さんと最高に相性がいい男性』である時宗さんと秋子さんは結ばれることとなり、絵に描いたような大団円を迎えたのである。

無論、秋子さんはそのことを自覚していない。

（代が替わるとその次の子ども……つまり春華に運命の加護は移る。だからこそ、本来なら春華はどんな苦境でも自分の望んだ通りに出来るはずだったけど……）

だが、春華は真面目すぎたのだ。

彼女は幼少期から家の権力や財力に頼ることを敬遠していたこともあり、『自力以外のズルいもの』で何かを得ることを無意識に拒んでいた。

世界から寵愛《ちょうあい》された存在であっても、心から強く願わなければ運命の手は働かない。

だからこそ友達が欲しいという願いも、輝かしい青春が欲しいという憧《あこが》れも、職場で健やかに働きたいという悲痛な想いも、何ら救われることはなかったのだ。

そして、やがて精神崩壊して人形のようになってしまった後——

（無意識の底で……春華は涙に暮れながら願った。愚かな自分が辿《たど》り着《つ》いてしまったこんな結末ではなくて、友達と笑い合ったり、大切な人と寄り添ったりできる温かい生き方をしたかったと……）

その生涯の全てを悔いるような願いに、運命は応えた。

だが、すでに破滅を迎えてしまった春華を救済するのはもはや不可能だった。

そこで、運命は一つの結論を出した。

紫条院春華の未来がすでに閉ざされているのであれば——彼女が望むような未来へ至るように過去を改変すればいい、と。

恐ろしいことに運命にとってタイムリープは大ごとではあっても反則ではなく、歴史上で同様の件はいくつもあったらしい。

（そして今回の場合……春華本人をタイムリープさせるよりも春華の運命を変え得る存在を過去に送り込むのが適切だと判断された。そして、その人材に求められる要素が――）

過去のやり直しに極めて意欲的であること。

春華の未来を正しい方向へと導ける経験と知識を持つこと。

そして何より――紫条院春華を心から想っていること。

（その全てを満たすのが俺という男だった。全てのタイムリープは俺なんかのためじゃなくて……春華のために起こっていたんだ）

そして、その試みは上手くいった。

過去へと送り込まれた俺という劇物は春華が破滅へ至る因子を短期間で駆逐していき、世界は破滅のない未来へと動き出した。

破滅の未来に至る一周目世界はなかったことになり、過去改変によって生まれた二周目世界こそ正史となる――それが運命が講じた計画だ。

だがそこで、大きな問題が発生した。

一周目世界の大人春華は、運命が想定していた以上に他者からの救済を拒んでいたのだ。

それこそ、世界からの干渉をはね除けるほどに頑なに。

強い運命力を持つ春華本人が都合のいい救いを否定している限り、二周目世界は一周目世界を塗り替えて正史にはなれない。

喩《たと》えるなら、バグのあるデータを修正版のデータで上書きしようとしたが、バグのあるデータが上書きを拒否してエラーを起こしたという形だ。

（結果として……一つになれなかった一周目世界と二周目世界は完全に分かれた。こうなってしまうと、二周目世界の春華は救われても一周目世界の春華はやはり破滅を迎えてしまう）

その事態を悟った運命は、自らに課したタスクを実行できていないことに困り果てたようで、恐ろしく乱暴な手段を講じた。

つまり、春華の過去を改変した実績のある俺を一周目世界に送り、一周目世界の春華を救ってもらおうという計画だ。

手順としてはこうだ。

まず、高校生の春華に一周目世界の精神崩壊に係る記憶を流入させて擬似的な精神崩壊状態に追い込む。

それを解決するには一周目世界の大人の春華を救済するしかないと、俺が気付くことも織り込み済みで。

そうして、俺に一周目世界を救済する強い動機を与えて、タイムリープさせる。

俺も薄々気付いてはいたが……運命は俺の祈りに応えた訳ではなく、何もかも最初から仕込みだったということだ。

（まったく、ブラック企業の上司みたいに何の説明もなくこき使ってくれるもんだな運命って奴は。しかも万事目論見通りどころか、俺が大人の春華を救えるかどうかはかなり賭《か》けだったっぽいぞこれ）

　人知の外にある運命に文句をつけても仕方ないが、高校生の春華を人質にするような真似をするし、時空を見通しているくせに計画がずさんだったりと、どうにもクソシステムという印象が強い。

（ま……今となっちゃどうでもいいか。二人の春華が結果的に破滅を避けられたのなら、それに勝ることはない）

　その一点のみが、俺にとって最も重要なことだった。

　春華に笑っていてほしい。

　春華に幸せになってほしい。

　彼女が願った通りに優しい未来が訪れるのであれば――俺は何度タイムリープさせられてどう使い潰《つぶ》されても一切構わない。

　あるいは――こんなにも重たすぎる想いこそが春華を救うための素養だったのかもと考え、俺は苦笑した。

（さて……どうなるのかな俺は……）

そればかりは、俺がこの場で得た知識でもわからなかった。
全ての役割を果たした俺は果たしてどこへ行くのか。
あるいは、用済みと判断されてこのまま消滅してしまうのか。
（まあ、春華という存在の全てを救えたのなら悔いはないけど……でも、そうだな）
もしあの場所へ……俺が青春リベンジを繰り広げたあの世界へ帰れるのなら。
俺にとって最も大切な存在がいる場所へもう一度行けるのならば。
全てが終わった今こそ、俺は――
そこまで考えた時に、不意に意識が混濁して自己の定義がさらに曖昧《あいまい》になった。
この空間に留まる時間が終わったのだと悟った瞬間――
俺という存在は、その場から消え失せていた。

七章　この気持ちを……今こそ告げるよ

「……ん……ぁ……？」

まどろみから覚めて最初に知覚したのは、知っている天井だった。

まだ意識がはっきりしないままに周囲を見渡すと、参考書などが並ぶ学習机やラノベやゲームが収められた棚が目に映る。

（実家の……俺の部屋……？）

かつてのタイムリープ初日みたいな感想を漏らしつつ、俺はぼんやりとした頭の霧を晴らそうとした。

なんだかついさっきまで不思議空間にいて、この世の法則が全部理解できていたような気がするが……。

いや、そんなことよりも――

「……っ！　今はいつだ⁉」

俺は焦りながらも学習机の上に置いてあったガラケーを見つけ、日時を確認する。

（高校二年生の十月の……最後に春華《はるか》の見舞いに行った日の翌日……それに――）

俺は恐る恐るガラケーの写真フォルダを開く。

そこに何も写っていなかったら、という不安に心臓の鼓動が速くなるが――

「ある……っ！　あるぞ……！」

俺は瞳《ひとみ》を潤ませて歓喜した。

開いたフォルダの中には――たくさんの写真がある。

母さんや香奈子《かなこ》とタコ焼きを囲んだ時の写真、文化祭当日の盛り上がりの写真、球技大会の後で男子連中と撮った写真。

そして――春華が俺の家に泊まりに来た時の写真、香奈子が撮った俺と春華がソファでまどろむ写真、海で快活な笑みを浮かべる水着姿の春華の写真――

その全てが――今俺がいる場所は、青春リベンジに邁進《まいしん》していた二周目世界なのだと証明してくれていた。

「俺は……戻ってこられたのか……」

片道切符も覚悟して二度目のタイムリープに臨んだが、どうやら俺は再びこの世界へ戻ることを許されたらしい。

これが運命の褒美なのか、単純にこうしなければ時間の整合性に不都合が起きるからなのかは不明だが――

「あ、兄貴ようやく起きたの？　いくらなんでも寝過ぎじゃない？」

「香奈子……」

俺の声を聞いて部屋へと入ってきたのは、妹の香奈子だった。

何だか、こいつの顔を見るのが数年ぶりのようにすら感じてしまう。

「香奈子……なあ、俺って今高校生の見た目だよな？」

「はあ？　それ以外の何だっての？　春華ちゃんのことで疲れているだろうから朝からずっと寝かせてたけど寝ぼけすぎでしょ。もう夕方だよ？」

ふと窓の外を見るとすでに空はオレンジ色に染まっている。

香奈子の視点からすると俺は夜に就寝するも次の日の朝に起きてこずに、夕方である今まで眠っていたらしい。

いや、そんなことはどうでもいい。

俺にとって一番重要なのは――

「わ、わ!?　ちょ、ちょっと兄貴！　妹が見ている前で着替え始めないでよ！」

「悪い！　死ぬほど急いでるんだ！」

俺はパジャマを乱暴に脱ぎ捨てて、外行きの私服へ手早く着替える。

行くべき場所へ走るために、とにかく今は急いでいた。

「悪いけどちょっと出てくる！　帰りはいつになるかわからん！」

「ちょっ兄貴⁉　こんな時間から一体どこに行く気⁉」

兄の奇行に慌てたような香奈子の声が背中に届くが、俺はそれに答える暇すら惜しんで玄関へと走った。

今俺が、何よりも優先しなければならない人に会いに行くために。

＊

跨《また》がった自転車のペダルを、一心不乱に漕《こ》ぐ。

安全には気を配っているがどうしようもなく逸る心は止められず、あらん限りの力で俺は自転車を爆走させる。

そうして、脚力の限界を無視して漕ぎ続け――

俺は目指していた場所である紫条院《しじょういん》家の屋敷へと辿《たど》り着《つ》いていた。

「ハァ……ハァ……」

息が激しく乱れていたが、整える時間すら惜しい。

俺は自転車を邪魔にならない場所へ置き、すぐに正門のインターホンを押す。

するとほどなくして、聞き覚えのある女性の声がスピーカーから聞こえてきた。

『はい、どなたで……に、新浜《にいはま》様⁉　こんな時間に身体を濡《ぬ》らしてどうしたんですか⁉』

「え？　あ……」

紫条院家の家政婦である冬泉《ふゆいずみ》さんに言われ、俺はようやくパラパラと降る雨と湿って微かに重くなっている服に気付く。

そうか、雨が降っていたのか……。

『と、とにかく中に入ってください！　そのままにはしておけません！』

俺は電子ロックが解除された門を通り、敷地内へ入る。

ここに至るまで全速力だったのでかなり疲労していたが、それでも長い庭を急いで走って玄関へと至り――

「もう、何をやっているんですか新浜様！　すっかり肌寒い季節になっているんですよ！」

タオルを持って待っていてくれた冬泉さんが、俺の姿を認めるなり弟の世話を焼くお姉さんのように甲斐甲斐《かいがい》しく俺の衣服や髪を拭《ふ》いてくれた。

……なんとも申し訳ない。

「あ、ありがとうございます冬泉さん。遅い時間に大変申し訳ありません……」

「いえ、それは全然構いませんけど……本当にどうしたんですか？　旦那《だんな》様と奥様は病院にお嬢様のことを相談に行っていて不在で、今は私たち家政婦しかいないのですけど……」

「それは……」

一体何と言ったらいいものかと考えたが、上手い口実なんて浮かばない。

だから——俺はただ今自分が望むことを正直に口にすることにした。

「こんな時間に非常識なのは重々承知です……けど……」

けれど、どうか今は俺の願いを聞いてほしい。

俺は今、天地がひっくり返ったとしても彼女の所へ行かなければならないのだ。

「どうか……春華に会わせてください！　どうしても今すぐに会いたいんですっ！」

「新浜様……」

感情が昂ぶりすぎて涙すら潤ませてしまっていた俺は、頭を下げて必死に懇願した。

そんな俺をどう見たのか、冬泉さんは痛ましさを感じているような声を出す。

そして——

「……わかりました。奥様からは留守中に新浜様がいつ見舞いに来ても迎えるように言われていますし」

「え……」

普通なら追い返されるのが当然の状況だが、どうやらあらかじめ秋子《あきこ》さんが俺の来訪について全て許可してくれていたらしい。

この紫条院家に何度も足を運んでこの家の人たちと築いた信頼が、今この時になって俺という存在を保証してくれていた。

ああ、本当に……ありがたい。

「ありがとうございますっ！　それじゃお言葉に甘えさせてもらいます……！」

「え⁉　に、新浜様⁉」

許可を得るやいなや、春華の部屋へと弾けるようにダッシュした俺に冬泉さんの困惑した声が届く。

他人の家で爆走するなんてマナー違反もいいところだが、今この時だけは止まることはできなかった。

身体の全細胞が狂おしく求めるままに、俺は走った。

俺が今どうあってもいかなければならない場所へ。

一秒でも早く会わなければいけない少女のもとへ。

＊

「つ、着いた……」

何度も春華の見舞いに訪れていたため、春華の部屋の前にはすぐ辿り着いた。

俺の目の前にあるドアを開ければ……もうそこに春華はいる。

春華が倒れてしまった夜——俺は訳のわからなさと運命の理不尽さに頭がおかしくなりそうだった。

あの天真爛漫《てんしんらんまん》な少女が、笑うことも悲しむこともできなくなっていると知った時は、世界が足元から崩れていくような錯覚すら起こした。

だが、俺はその悪夢を乗り越えることができた。

後は春華の状態を確認さえできれば——

(けどもし……ドアの向こうにいる春華がまだ精神崩壊状態のままだったら……?)

「……はっ」

自分の中に生じたそんな不安を、俺は鼻で笑った。

その不安が的中しようとも、俺のやることは変わらない。

「その時は……またタイムリープでもなんでもしてやるさ」

春華を救うためなら、運命とやらを怒鳴りつけてまた未来でも過去でも行ってやる。

どんな苦難でも超えて、俺にとって最も大切な存在を救ってみせる。

俺にできることなんて、ただ成すべきことのために走ることしかないのだから。

「……入るぞ、春華」

意を決して、俺はゆっくりと部屋のドアを開ける。

そして——

視界に飛び込んできたのは、窓の向こうに広がる目を灼《や》くような夕暮れだった。

いつのまにか雨も止んでいたようで、暗雲が消えた空はオレンジ色に輝いて部屋を照らしていた。

その中に、春華はいた。

背もたれのある医療用リクライニングベッドに背を預けた状態で、パジャマを着て静かに座っている。

その顔は部屋に溢《あふ》れる夕焼けの光に照らされて、よく見えない。

だが——纏《まと》う空気はひどく静かだった。

俺が部屋に足を踏み入れても、何の反応もない。

「————」

俺は逸る気持ちを宥《なだ》めつつ、ゆっくり春華へと近づいた。

ベッドが近くなるほどに、俺が焦がれた少女の顔が少しずつ露わになる。

少し痩《や》せたようには見えるが、その可憐《かれん》な顔立ちに何ら変わりはない。

「来たよ……春華」

春華の側まで来た俺は、眩《まぶ》しさにようやく慣れた目で彼女を見た。

しかし——

俺の期待とは裏腹に、春華の瞳《ひとみ》は虚無を見つめている。

側にいる俺の存在に、気付いている様子がない。

「……っ」

その光景に、全身の血が凍りつくような感覚に陥るが――

「え……？」

ふと微かな温もりを感じて視線を向けてみると……俺の左の薬指に、しなやかな指が触れていた。

眠る子どもが、無意識に人肌を求めるように。

「あ――」

驚く俺の目の前で、春華の目がゆっくりと動く。

何も映さずに何も追わなくなってしまっていた瞳が――朧気《おぼろげ》ながら焦点を結んでいく。

そして――

「……ぁ……」

春華の口が、微かに震えた。

「……し……ぅ……くぅ……」

長い間殆《ほとん》ど声を発していなかった声帯が震える。声の出し方を一から思い出していくように……意味のある音を結んでいく。

「……しん、いち……ぉ……くん……？」

傍らにいる俺を不思議そうに眺めて、春華は俺の名を呼んだ。

その瞳は、俺を見ていた。

彼女が取り戻した世界の中に、俺という存在を認めてくれていた。

「はる、か……。ぁ……ああ……！　ああああああああああぁぁぁぁ……！」

俺は気付けば、ベッドに縋《すが》り付き大粒の涙を流していた。

戻ってきてくれた。

悲惨すぎる破滅の運命から、穏やかな日常へと。

大切な人が意思を取り戻し、俺の名前を呼んでくれている——ただそれだけで胸がいっぱいになり、涙は止まることを知らなかった。

「……もう、なきすぎ、です……心一郎《しんいちろう》くん……」

泣き暮れる俺の頭をまるで子どもをあやすように撫《な》で、春華が優しく微笑みかけてくる。

ただそれだけのことが、何よりも貴いと感じる。

俺の中に蓄積した暗澹《あんたん》たる気持ちは、今眩《まばゆ》いばかりの光で照らされていた。

「……春華……お嬢様……？」

ふと背後から聞こえた声に振り返ると、部屋の入口に冬泉さんが立っていた。

走っていった俺を追ってきたであろう美人家政婦さんは、喋《しゃべ》る春華を見て驚きに目を見開いたまま硬直していた。

「ふゆ、いずみ、さん……」

「あ、ああ……！　お、お嬢様！　私のことをわかって……！　あ、ああああぁぁぁ……！」

春華の回復を目の当たりにした冬泉さんは、俺と同様にその場でボロボロと泣き崩れる。

それも当然だ。ずっと精神崩壊した春華の介護をしていた分、この家の人間が味わった絶望は俺よりもなお深いだろう。

「あ……！　こ、こうしてはいられません！　旦那様たちに一刻も早くお嬢様の回復をお伝えしなくては！　それとお医者様も！　新浜様、しばらくお嬢様をお願いします！」

冬泉さんは涙を拭《ぬぐ》い、家政婦としての務めを果たすべくその場から急いで去っていった。

ああ、そうだ。後は秋子さんと時宗《ときむね》さんに春華の回復を伝えれば、春華が倒れたことに端を発したこの事態もようやく終わる。

本当に——本当に良かった……。

「春華、どこか苦しくないか？　驚くかも知れないけど、春華は十日以上も——」

「……ええ、わかっています。私がずっと……心を失っていたことは」

「え……？」

俯《うつむ》きながら言う春華に、俺は少なからず驚いた。

まさか自分があの状態になっていたことを理解しているとは……。

「……心一郎君、私……長い夢を見ていました」

「夢……？」

春華は何故か固い面持ちで語り出した。

しばらく声を発していなかった喉《のど》はようやく発声に慣れてきたのか、少しかすれてはいるが十日間もまともに発声していないとは思えないほど流暢《りゅうちょう》になっていた。

「ずっと苦しみ続けている大人の私と、それを救いに来てくれた大人の心一郎君の夢です」

「!?」

その言葉に、汗が噴き出した。

思い出すのは、タイムリープした先で見た奇妙な夢だった。

あの時教室の夢に出てきた春華は俺の無意識が作り上げたとは思えない振る舞いをしていたので、俺も『その可能性』は高いと思っていた。

だがそうすると……今目の前にいる現実の春華は、自分の身に起こっていたことやそれを解決するために俺が超常現象に導かれていたことを殆ど知り得ている……？

「夢の中で……大人の心一郎君は、私を懸命に助けようとしてくれていました。意固地になっている大人の私が冷たい態度を取っても、決して諦《あきら》めずに」

語る春華は、それは夢であって夢ではなかったと暗に言っていた。

「未来とか大人の私とか、何もかもが有り得ないことばかりなのに……私にはどうしてもあれが夢だったと思えないんです。心一郎君が……とんでもなく遠い場所へ行っていたことも」

「……！」

ベッドの上で、春華は静かに語る。

まさしく夢としか言いようがないほどに荒唐無稽《こうとうむけい》ではあっても、そこに登場した自分や俺の苦しみや焦燥は、幻ではないのだと確信している様子で。

「あの教室の夢で会った心一郎君は……心一郎君だったんですね」

「……ああ」

今の俺たち以外の誰が聞いても意味不明であろうその問いに、俺は固い面持ちで頷《うなず》いた。

できれば、春華には全てを知らないでいてほしかったが、ここまで覚えているのであればもはや仕方ない。

「私のために……もう二度と戻ってこられないかもしれない場所へ行っていたんですか？」

「……そうだよ。俺が自分の意志でそうした」

「――――っ」

そう答えた瞬間、春華は強い視線を俺へと向けてきた。

「どうして……そんな無茶をしたんですか⁉」

春華は聞かずにはいられない様子で、責めるように問うてきた。

俺としては瞳を潤ませている春華を見るのは辛かったが、勝手に無茶をした身からすれば甘んじて受け入れなければならない。

最終的に俺を二度目のタイムリープへと導いたのは運命という得体の知れない存在だが、

そう望んだのは間違いなく俺自身だ。

　そしてもちろん、戻ってこられる保証なんてまるでなかった。

「心が壊れてしまった私なんて……放っておけば良かったじゃないですか！」

「な⁉　何を言って……！」

「心一郎君は！　優しくて頼りがいがあって本当に素敵な人なんです！」

　春華は、荒ぶる感情を抑えられないという様子で声を張り上げた。

「そんな素晴らしい人が！　私にとって一番の人の未来が私のせいで潰《つぶ》れてしまったら、たとえ私が心を取り戻しても何の救いにもならないじゃないですか！　心一郎君がいなくなって、私がその後の人生を笑って生きていけるとでも思っているんですか⁉」

　俺のエゴを糾弾するその悲痛な叫びは、俺の胸に深く突き刺さる。

　もし逆の立場だったとして——春華が俺のために自分が犠牲になるかもしれない方法をとれば、俺もまた同じことを思って同じことを言うだろう。

「どうして……どうしてそこまでするんですか……。どうしたらそこまで強くて優しくなれるんですか……」

　昂ぶりのあまり、春華は瞳に溢れんばかりの涙を溜《た》めていた。

　その姿を見ると本当に心が痛む。

　けれど——

「そんな気持ちにさせてしまったのは、本当にごめん……。でも、俺はきっと何度だって同じことをするよ。なんせ、そう決めているからな」

「決めて、いる……？」

春華が不思議そうに俺の言葉を反芻《はんすう》するが、別にそう大したことじゃない。

俺が今世で掲げた、単なる指標だ。

「ああ、春華も学校の皆も……俺が以前とは別人みたいに力強く変わったって言ってくれるよな。けど、俺の本質なんて未だに根暗で臆病《おくびょう》だ。『遠い場所』に行く時だって、もう二度と戻ってこられないかも知れない恐怖で泣きそうだったさ」

思えば、俺の前世とは心の痛みや恐怖と向き合わない逃げの人生だった。

怖いから立ち向かわない。

辛いから続けない。

面倒だからしない。

どうせ無理だから最初からやらない。

そうやって、自分というものを小さくするばかりの日々だった。

「だから、今の俺は以前より強くなった訳じゃない。その違いなんて決めたものがあるかどうかだけだ。『自分が本当に望むもののためには、必要なことから逃げない』ってさ」

それが、前世の俺が手を伸ばしすらしなかったもの。

嘆くばかりで行動に移さない、他人の都合に逆らわずにただ流される、最善の道を選ばずに考えることをやめる――そんな受け身な社畜から羽化するために、この二周目人生で俺はずっと胸に決意を抱いて走り続けてきた。

「だから今回も本当に望んでいることのために……俺にとって一番大切な女の子のために俺はやれることをやったんだ。自分の、本当の気持ちのままに」

「心一郎君の……本当の気持ち……？」

俺の心そのままの言葉に、春華の顔が微かに色づく。

遥か昔にこの少女に恋をして、奇跡によって再び俺たちは出会った。

輝かしい日々の中で、俺の気持ちは膨らんでいく一方で――それをずっと言葉にすることを躊躇《ためら》っていた。

いつか告げるという決意は本物でも、やはり怖さ故の躊躇はあった。

想いが膨らんでいくほどに、拒絶された時の悲しみは途方もないと知っていたから。

けれど、俺はもう逃げない。

この気持ちを……今こそ告げるよ。

「俺は――春華が好きだ。ずっとずっと、好きだった」

ずっと言いたかった言葉。

昔から心に秘め続けた想い。

やっと……やっと言えた——

感慨深く思えたのもそこまでで、予想通り俺は頭からつま先まで火が付いたような熱が膨れ上がり、肌着が重たくなるほどの汗をかいていた。

「え、えと……ごめんな。本当はこんな病み上がりの直後じゃなくて落ち着いてから言うつもりだったんだけど……」

俺の告白に対し、春華は目を見開いたまましばし放心していた。

果たして彼女にもたらされたショックがどういう方向性なのかわからぬままに、俺は頬に冷や汗を流しながら見守るが——

「え⁉　は、春華⁉」

俺は血相を変えて叫んでしまった。

何故なら、春華は驚きに固まった顔のまま……瞳《ひとみ》からボロボロと大粒の涙を流し始めたのだ。

「……う……ぁ……わ、たしは……」

頬を濡《ぬ》らす少女は、必死に感情を整理するかのように言葉を紡ぐ。

俺はそれを、ただじっと待つ。

「私は……恋というものがわかりませんでした……人を好きになるというのがどんなことか知らなかったから……」

さらに涙を零《こぼ》しながら、春華は自分の心中を開示するかのように言う。

「皆は私のことを子どもっぽいと言いますけど……恋に憧《あこが》れていなかった訳じゃありません。ただ夜空の星みたいに、綺麗《きれい》だと知っているけれど自分の遠くにあるものだと……そう思っていました」

沈む夕日に照らされる部屋の中で、春華はさらに続けた。

「けれど今は……今までよくわからなかった感情に名前と色がついていくみたいな感じです。いつも感じていたことに……」

「いつも……感じていたこと？」

春華は瞳を潤ませたままに、ゆっくりと続きを口にする。

「心一郎君の側にいるととても安心します。一緒にお喋《しゃべ》りすると、心がどんどん弾んでいきます。心一郎君のことを考えると、いつも心がフワフワと心地好《よ》くなっていって……心が幸せになっていました」

「え……」

「その時の気持ちも、今私の胸から溢《あふ》れ返ってしまいそうなこの喜びも……本当の意味で理解できました。心一郎君への想いがずっと止まらないんです……！」

心が浮き上がっていくような様子で述べ続ける春華の言葉を、俺は夢心地で聞いていた。

これは……本当に現実なのか？　俺の都合のいい妄想ではなく？

「私も……言います。言わせてください……」

涙を頬に伝わせたまま、春華が俺を真っ直ぐに見る。


「心一郎君……貴方《あなた》が好きです。本当に本当に……大好きです」


その衝撃を、なんと言おう。

表現できない。何も考えられない。

俺の中の全てが——どこまでも晴れ渡った青空となった。

俺という存在の一切合切が、余さず救われていくような心地だった。

「どうか私を……貴方の恋人にしてくださ……きゃっ！」

気付けば、俺は身を乗り出してベッド上の春華を抱き締めていた。

ただただ彼女が愛しくて、どうしようもなかった。

「もう……ふふ……」

顔を赤らめていた春華だったが、間近にある俺の顔を見て静かに笑った。

ああうん、自分でもわかる。

きっと今俺は、涙と激情でさぞ滅茶苦茶な顔になっているだろう。

「……ずっとずっと側にいます」

全身で触れ合いながら、白魚のような指が俺の頭を撫《な》でた。

「不束者《ふつつか》ですけど……どうかよろしくお願いします」

そうして、春華は太陽のように微笑んでみせた。

彼女の美しく純粋な心がそのまま咲いたようなその笑顔に、俺は感極まって何も言葉が紡げなくなる。

青春リベンジの果てに勝ちとったもの。

この世で一番大切なものは——今確かに俺の腕の中にあった。

八章 ◀ 取り戻した日常を、恋人になった君と

「…………」


普段なら起きていない早朝の時間。

制服姿の俺は、自宅のリビングでソワソワと落ち着かない時間を過ごしていた。

今俺の頭をいっぱいにしているのは、やはり紫条院春華《しじょういんはるか》という少女のことだった。

（あの夜からもう二週間経つのに……未だに夢みたいだ……）

俺の渾身《こんしん》の告白は成就し、晴れて俺と春華は恋人関係になった。

ずっとそのために頑張ってきた俺だが、いざ本当にそれが叶《かな》うと非現実感にたびたび呆《ぼう》然《ぜん》となってしまう。

そしてそのたびに、春華から受け取った告白の返事を反芻し、それが夢でないことを確認し……我ながらしまりのない顔を晒《さら》しているのである。

『心一郎《しんいちろう》君……貴方が好きです。本当に本当に……大好きです』

「……ふへへ……ふへへへへ……」

心がトロトロに溶けて脳みそが天に昇ってしまいそうなこの感覚こそが、おそらく少女漫画などで『キュンキュン』『ハートが溢れちゃう』などと表現されるものなのだろう。

ここしばらくは恋心が溢れるままにニヤけ顔で床にゴロゴロ転がるという奇行をしてしまい、家族からは可哀想なものみたいに見られてしまう始末だ。

(まあそれはさておき、今日から春華がようやくの学校復帰か。ここまで至るのに二週間もかかったけど……本当にめでたいことだな)

あの告白の後——外出していた時宗《ときむね》さんと秋子《あきこ》さんが大急ぎで家に戻ってきたので、俺は流石にその場から引き上げた。

(時宗さんと秋子さんは回復した春華の姿を見て号泣したらしいな。あの家の人たちがようやく悪夢から抜け出せて本当に良かった……)

そして春華はその後すぐに入院して検査となったのだが……やはり身体にも脳にも問題はなく病気自体は原因不明のまま回復したという判断となった。

その時点で、今回の春華が倒れた件は終わったと言っていいだろう。

だが——

(寝たきりだったせいで筋力が低下していて、そのまま病院でリハビリ期間に入ったのは辛かったろうなぁ)

春華本人は、これ以上さらに学校を休まないといけない事実に涙目になっていたようで、それは本当に可哀想だったが……こればかりは仕方がない。

（それもようやく終了か。よく頑張ったよな春華は……俺も体験した事はないけど結構キツイらしいのに）

本来ならもっと長いリハビリ期間を要するらしいのだが、筋肉低下は最小限に抑えられていたようで、かなり早期に春華のリハビリは完了した。

これは、紫条院家の家政婦さんたちが極めて効果的かつ献身的なケアマッサージを病床の春華に施していたおかげらしい。

そして、今日は春華が久しぶりに制服に袖《そで》を通す日なのだが――

俺はどうにも腰が据わらない感じだった。

「まったくもう……何をソワソワしてんの兄貴」

「香奈子《かなこ》……」

振り返ると、そこには中学校の制服に身を包んだ俺の妹――香奈子がいた。

モテ中学生を自称するだけありいつも愛らしいその顔は今、呆《あき》れた表情になっている。

「今日は春華ちゃんと一緒に登校するんでしょ？　ウキウキするならわかるけど、落ち着かなくなる理由なんてないじゃん」

そう、俺が先ほどからリビングをウロウロしてしまっているのは、春華がメールでお願いしてきたことが原因だった。

『私が学校に復帰する日は一緒に登校してくれませんか？　車で心一郎君の家の前まで行きますから……』

などという可愛すぎるお願いに俺は『もちろんっっ！』と返し、今日まさにその日を迎えたのだ。

「いや緊張してな……春華が入院してからはメールのやり取りが多かったし」

あの夜に俺は春華に告白し——春華はそれを受け入れてくれた。

俺にとってはまさに人生の一大事であり、未だに夢かと疑ってしまうほどである。

だが、告白直後に春華が入院してリハビリ期間に入ってしまったため、俺たちはあれから殆《ほとん》ど顔を合わせていないのだ。

「病院に見舞いに行こうとしたけど、ご両親は面会時間が許す限り娘の側にいたい感じだったからな。流石に遠慮したよ」

ご両親だけじゃなくて、紫条院家の家政婦さんたちや紫条院本家のおじい様とやらも連日のように見舞いに来ていたようで、面会スケジュールはかなりギチギチだったらしい。

「という訳で、恋人らしいことなんて未だ何もできないままに春華の学校復帰の日を迎えた訳なんだよ。緊張くらいするさ」

「もう何言ってんの兄貴！　こういう時はドーンって構えていればいいんだって！」

俺の落ち着かない声に、香奈子は叱咤《しった》するように言った。

「念願だった春華ちゃんとの恋人生活のスタートなんだし今はただ嬉《うれ》しさを噛《か》みしめた顔になっているのが一番だよ！　いやー、むしろ私の方が兄貴よりもテンション上がっているかもだけど！」

　本人が言うとおり、香奈子は朝から喜色満面だった。

　思い起こすこと二週間前、俺の告白が成功したとこいつに伝えたところ、

『おおおぉぉぉぉぉぉ！　マジッッッ!?　マジなんだねっ!?　やったああああああああああああああああ!!』

　と家を揺るがすほどの大声で喝采《かっさい》した。

　なんか知らんが、俺の恋愛が成就したことをやたらと喜んでくれているのだ。

「いやぁー、兄貴がぽやーってした顔で家に帰ってきたあの夜、春華ちゃんが回復したってだけでも超グッドニュースだったけど、まさかそこから告白成功なんてビッグバンな朗報があるなんて思わなかったよ！　盆と正月が一緒にやってきたってやつ？」

　兄の恋愛事がそれほどまでに面白いのか、香奈子は俺の告白成功を聞いた時からずっとこの調子でテンションが高い。

　なお、香奈子からその報告を受けた母さんからは、『え、え!?　本当にあのお嬢さんと付き合うことになったの!?　ね、ねえ心一郎？　あなた何か社交辞令とかを勘違いしたり

してない？』と信じられないような面持ちで言われてしまった。

まあ、大人であるほど春華がいかに貴族的な存在かも理解が深くなるので、母さんが疑心暗鬼になってしまうのはわかるけどさぁ……。

「ま、兄貴はマジで恋愛ビギナーだからガチガチになっちゃうのはわかるけど、自信を持ちなって！　今まで春華ちゃんを想って散々努力して辿《たど》り着《つ》いた結果じゃん！　兄貴が兄貴だからちゃんとここまでこられたんだし！」

前世ではほぼ絶縁状態となってしまった妹は、目の前で心底俺を肯定してくれていた。

その笑みも言葉も……ただ純粋で屈託がない。

「それに春華ちゃんの告白の返事って、ただイエスってだけじゃなくて自分から『私も好きです』って言ったんでしょ？　それは元々両思いじゃないと出てこない理想の回答だよ！　何にも心配することはないって！」

「そ、そういうもんか？」

「そうそう！　兄貴には春華ちゃんをまたウチに連れてくるっていう使命があるんだからしっかりやってよね！　あー今から楽しみ！　告白された時春華ちゃんはどんな気持ちだったのかとか、聞きたいことがいっぱいあるし！」

当事者である俺を置いてウキウキな香奈子を見て、俺は苦笑した。

（俺は……本当に帰ってきたんだな……）

ここ二週間、春華への告白が成功して浮かれていた俺ではあるが、その一方でふとした時にいい知れぬ怖さが忍び寄ってくるようになっていた。

それは、タイムリープという奇跡を二度も体験し、現実とは決して絶対的に強固なものではないと知った故の恐怖だ。

今俺がいるこの世界は、本当に俺が知るあの世界なのか？

使命を果たした用済みの俺は、いつか泡のように消えるのではないか？

そもそも……本当に俺は今ここに存在しているのか？

今の穏やかな現実が、胡蝶《こちょう》の夢のように次の瞬間には幻と消えているのではないか……

……そんな不安がずっと胸に巣くっている。

（逆に、春華が見たっていう『未来の夢』がただの夢になったのは……精神衛生上いいことだな）

精神崩壊から回復したばかりのあの夜、春華は自分が見た夢を実際に起こったことなんだと確信していた。

だが一夜明けてみるとその現実感は消失してしまっており、本人は強い引っかかりを覚えながらも、とても奇妙でリアルな夢だったという認識に落ち着いたようだ。

その様は、起きた直後には鮮明に覚えていた夢が、次の日にはもう思い出せなくなっていることにも似ていた。

だが俺としては、その方がいいと思う。

あんなオカルト極まる荒唐無稽《こうとうむけい》なことを覚えていてもいいことは一つもない。

今の俺のように、要らんことを考えて頭を悩ませてしまうだけだろう。

(ま、今が夢か現実かなんていくら考えても仕方ないから俺も開き直るしかないんだけど
……それでも母さんや香奈子の顔を見るとホッとするな)

今が夢だろうと現実なんだろうと、今香奈子が浮かべているような笑みや、母さんたちと共に過ごす時間の価値は変わらない。

そう思えるからこそ、俺はこれからもこの世界を歩んでいけるのだ。

「よし、お前のおかげで気持ちが落ち着いてきたぞ香奈子。そうだよな。もうちょっと自分を信じて心を強く持つようにするよ」

「うん、その意気その意気!」

香奈子が笑いながら答えたその時に、玄関のチャイムが鳴った。

この早朝に誰が訪ねてきたかなんてわかりきっているので、わざわざインターホンに出るまでもないだろう。

「お、来たみたいだな。それじゃ行ってくる。お前も遅刻しないようにな」

言って俺はカバンを肩に提げて足を玄関に向ける。

そこに——

「兄貴！」

背後から香奈子の声が届く。

「もう何度も言ったけど、本当におめでとう！　好きな人のために頑張り続けた兄貴は、マジでカッコ良かったよ！」

振り向くと、香奈子はちょっと照れ臭そうに笑っていた。

その全力の賞賛が、俺の胸にじわりと染みる。

「ああ、ありがとうな香奈子……それじゃ行ってくる」

心から感謝を伝え、俺は玄関へと向かった。

ああ本当に——帰ってこられて、良かった。

＊

チュンチュンと小鳥が朝の調べを奏でている中で、俺は自宅の玄関から外へと踏み出す。

この二周目世界にタイムリープしてきた初日は訳もわからぬままに家を出たが、今となってはこの日常に適応してしまっていた。

そしてその日常も、また違った新しい形へと変わっていく。

少なくとも、俺はこんな朝を迎えるのは初めてだ。

「おはようございます！　心一郎君！」

早朝の澄んだ空気に、天使の声が響き渡る。

俺にとって最も大切な想い人である少女は——紫条院春華はそこにいた。

（ああ——）

制服に身を包んだ春華を見るのは約一ヶ月ぶりだが、その変わらぬ姿で笑みを浮かべる春華を見ただけで心がいっぱいになる。

風に靡《なび》く艶《つや》やかで長い髪も、白くて柔らかいミルク色の肌も、純粋さがそのまま形になったような宝石の瞳《ひとみ》も、何もかも綺麗《きれい》だ。

「おはよう春華。身体はもう大丈夫なのか？」

「はい、もうすっかり大丈夫ですよ！　そもそも今日はようやく学校に復帰できる日なんですから、とにかく元気が有り余ってるんです！」

言って、春華は両手を胸の前でギュッと握った。

その可愛いやる気ポーズに、思わず苦笑してしまう。

「その……それに……」

そこで春華は、急にトーンダウンして何やら頬を赤らめる。

「今日一緒に登校できるのを……ドキドキしながらも楽しみにしていましたから……」

「……っ」

恥ずかしそうに言う春華の言葉に、俺も頬を朱に染めてしまう。

思えば、俺は常に恋愛的な意味で仲良くなりたいと思って動いていたが、春華から明確に恋愛的なアプローチをされたのはこれが初めてかもしれない。

俺たちの関係は今まさに新スタートを切ったばかりなのに、早くも春華への愛しさが溢《あふ》れそうになっている。

「では新浜《にいはま》様。私はこれで失礼しますよ」

「へ？　か、夏季崎《かきざき》さん⁉」

春華を送ってきた高級車の中から顔見知りである運転手さんが顔をのぞかせており、俺は驚きの声を上げてしまった。

「い、いかん。春華に集中しすぎて第三者の存在が目に入っていなかった……。

「はは、朝から仲が良くて大変結構です。では車に気を付けて登校されてくださいね」

「は、はい……」」

どうやら夏季崎さんの存在を忘れていたのは春華も同じようで、俺たちは揃《そろ》って恥ずかしさに俯《うつむ》いてしまう。

「ああそれと、遅ればせながらお祝いを申し上げますよ新浜様。春華お嬢様と交際することになったと聞いて私や冬泉《ふゆいずみ》などの紫条院家の者は大いに盛り上がったものです」

「えと、その……ありがとうございます」

やっぱりもうそれは紫条院家内で広まっているのか……。

ううう、当然のこととはいえ、やはりとんでもなく恥ずかしい……。

「まあ、お嬢様からカミングアウトがあったのはつい先日のことなのですがね。いやぁ、その時の紫条院のお屋敷は取り戻しつつあった落ち着きが吹っ飛ぶほどにしっちゃかめっちゃかになりましてな。火山の噴火とクリスマスパーティーが同時に来たようでした」

「えええぇぇぇ!?」

さらりと語られたその大騒動に俺は悲鳴を上げ、春華は恥ずかしそうに顔を伏せる。

そうかぁ……。予想の範囲《はんい》ではあるけど、火山が噴火しちゃったかぁ……！

「ともあれ、私個人としては大いに祝福しますとも。では新浜様、節度を守って楽しい学校生活をお過ごしください」

そこまで言うと、夏季崎さんはハンドルを握って車とともに去っていった。

「やっぱり大騒ぎだったんだな、紫条院のお家は……」

「は、はい……もう何というか、お母様や家政婦さんたちの興奮しきった歓声とお父様の悲鳴と怒号がエンドレスという感じで……」

その光景が容易に想像できてしまい、俺はどうあがいても近い内に降りかかるであろう試練を予感してちょっとだけ肩が重くなってしまう。

（ま、まあ、その時はその時だ。俺が決して軽い気持ちで告白したんじゃないってことを

きちんと説明すればいいさ）
俺はそう切り替えて、努めて平静を装って笑みを浮かべてみせる。
ただ……頰に流れる一条の冷や汗だけは流石に隠しようがなかった。

＊

いつもより一時間早い通学路は、同じ学校の生徒の姿はほぼなかった。

俺たちが何故こんなに早い時間から待ち合わせての登校をしているのかと言えば、それは学校の奴らの目を避けるためである。

（今までも春華と一緒に登校や下校したことはあるけど、家の前で待ち合わせてとなると格段に意味が違ってくるしな……）

いずれは俺たちのことも公表しないといけないが、今はまだ春華が学校に復帰したばかりだし、ある程度落ち着くまで要らぬ波風がないように秘密にした方がいいと考えたのだ。

「ああ、本当に久しぶりです……こうやって通学路を歩けるのは……」

冷たい朝の空気を感じていると、隣を歩く春華が感慨深げに言った。

「入院中は私だけが時間の流れから取り残されてしまっているみたいでしたけど、やっと……やっと戻ってこられました」

「俺も風見原《かざみはら》も筆橋《ふではし》も……クラスの皆もずっと待ってたよ。おかえり、春華」

「はいっ！　本当にようやくです！」

本当に嬉《うれ》しそうに、春華は屈託なく笑う。

こうして普通通りに通学できることこそが、春華にとって真に日常を取り戻したということなのだろう。

「あ、春華……入院中にしばらく会えなくてごめんな」

「え？　いえ、そんな！　あれはウチの家族や親戚《しんせき》が間を置かずに会いに来たせいですから！　なんだかよく知らない本家の人たちまでたくさんやってきて、私も最後の方はちょっと疲れてしまったくらいですし！」

春華は俺にフォローを入れつつ、入院生活を圧迫した親戚たちにちょっとだけ文句を言った。

なんでも春華は紫条院家当主である『おじい様』から相当に可愛がられているようで、そのせいで親戚たちはこぞって春華に回復のお祝いを言いに来たということらしい。

「でも、その……あれからそうやって間が空いてしまったので、ど、どうしても確かめたいことがあるんですけど……」

「ん？」

そこで、春華は急に顔を赤くして恥ずかしそうな声を出した。

なんだか、やたらと言いにくそうだが……。

「そ、その！　し、心一郎君と恋人同士になれたのは、私の夢だったりしませんよね⁉」

「はぁ⁉」

「いえ、だって！　入院してから冷静に考えたらそんな都合のいいことがあるのかって不安だったんです！　心一郎君にあんなふうに告白してもらって恋人関係になるなんて、嬉しすぎることだからこそ不安になって……！」

「いやいやいや！　夢だったら俺が泣くから！　恐ろしいことを言わないでくれ！」

春華はその可能性に本気で怯《おび》えているようだが、都合のいい夢かと危惧《きぐ》していたのはむしろこっちである。

「そんなに不安なら何度だって言うよ！　俺は春華が好きだ！　これは夢でも幻でもないし、何が起ころうと絶対に撤回しない！」

「ふ、ふぁぁ⁉」

その全てを口にしてしまってから、俺は天下の往来で死ぬほど恥ずかしいことを叫んでいたことに気付き、茹《ゆ》でダコのように赤くなる。

そして、それを聞かされた春華もまた同様だ。

人通りが殆《ほとん》どない歩道の上で、俺たちはしばし羞恥《しゅうち》のあまり足を止めてしまう。

「し、心臓が爆発しそうになりましたけど……改めてそう言ってもらえて嬉しいです……」

熱を冷ますように僅《わず》かな沈黙を挟んだ後、春華はおずおずと言った。

「もし夢だったらと思うと、震えてしまうほど怖くなって……メールや電話だとなかなか聞く勇気が出なかったものですから……」

「春華……」

そんな不安を抱かせていたとは気付いていなかった俺は、心から申し訳なく思った。

俺の告白を、そこまで大切に受け止めてくれているだなんて……。

「いつから……だったんでしょうか……」

「え……」

「ずっと好きだったと言ってくれましたけど、心一郎君はいつからそんなふうに想っていてくれたんですか……」

顔を赤くしたままで、春華はおずおずと尋ねてきた。

対して、その質問を受けた俺は少しだけ苦笑してしまう。

「その、本格的に燃え上がったのは文化祭辺りからだけど……実を言えば最初に出会った時からずっとそういう気持ちはあったよ」

「そ、そうなんですか……？」

春華は意外そうな顔で驚きの声を上げる。

まあ確かに出会った当時の俺はボソボソ声の陰キャだし、春華は恋愛感情に疎すぎる天然なので、全く気付かれていないのは知ってたが。

「これまでも何度か言ったけど……春華は天使みたいに綺麗で心から優しさが溢れていて、太陽みたいな笑顔で周囲を晴々とした気持ちにさせてたからな。一目見た時から、もう心が鷲掴《わしづか》みにされていたよ」

「ひゃ、ひゃあぁぁ……!?　も、もう、そんなに褒め殺しをしないでくださいー！　今日はただでさえ心がいっぱいなのに、頭から煙が出ちゃいますー！」

ごく正直に好きになった経緯を伝えただけなのだが、春華は赤くなるのもそろそろ限界みたいな状態で抗議してきた。

（俺としては今まで言えなかったことが言えてすっきりだ……。好きな子に君はこういうところが素敵だから好きって言えるのは、本当にいい）

「……でも……そうやって強い言葉をもらったら、心が軽くなってポカポカしてきました」

未だに顔は赤いものの、春華は胸に手を当ててゆっくりと口を開いた。

「私……好きだと言ってもらえたことが本当に鮮烈で幸せで……入院中も心一郎君のことを考えてベッドの上でジタバタしすぎて、看護師さんに怒られちゃったりして……」

もじもじと恥じらいながら告げられたその言葉は、想像するだけで俺の胸をいっぱいにしてくれた。

そっか……入院中もずっと俺のことを考えてくれて……。

「恋愛なんてしたことがなかったので何もわからなくて……けれど、とにかく一緒にいて言葉を交わしたいって気持ちがどんどん膨らんでいって……」

胸に手を当てて、さらに春華は言葉を続けた。

「だから、今朝は一緒に登校しようって提案したんです……。どうしようもなく、心一郎君と一緒にいたかったから……」

「春華……」

春華はとろんと潤んだ瞳《ひとみ》になっており、気付けば俺と肩が触れ合うほどに近くにいた。

彼女の髪からシャンプーの匂いがして、頭の芯《しん》がブレそうなほどにクラクラしてしまう。

朝の清澄な空気の中で――俺たちはしばし視線を通わせる。

お互いが側にいるだけで、どんどん幸せが蓄積していく。

「あ……」

俺は見つめ合ったままに、春華の白くてしなやかな手を握る。

そうしたいという、気持ちのままに。

そして春華もそれを拒まずに、むしろ指を俺の手へとゆっくり絡めてくる。

お互いの体温が、まるで融け合うように共有されていく。

「その……俺も女の子と付き合うのなんて初めてで、色々至らないこともあるかもしれないけど……」

だけど、君を想う気持ちは誰にも負けない。

それだけは、自信を持って言える。

「これからずっと一緒にいたいと思ってる。だから……これからは彼氏としてよろしく頼むな春華」

「――はいっ！」

俺の言葉に、春華は満面の笑みで応えてくれた。

そうして――俺たちは秋から冬へと移る季節の中で新しいスタートを切った。

これまでとは違ってなにもかもが輝いて見える、その甘い季節へと。

＊

時は昼休み。

多くの生徒がひしめく学食のテーブルでその会は始まった。

「ではここに！　海行きメンバーによる春華の復帰祝い会を始めたいと思います！」

見た目は真面目委員長だが、中身は超マイペースなメガネ少女――風見原美月《みつき》が号令するままに、俺を含めた面子はパチパチと拍手した。

「ああもう、こういう日を迎えたいってずっと願ってたんだからね春華ぁ！　ひぐっ……

ホントによがっだよぉ～～！」

「ええと、退院おめでとうな紫条院さん。休んでる間、ここにいる面子だけじゃなくてクラスの奴らもかなり心配してたぞ」

いつも元気な笑顔が眩《まぶ》しいショートカットのスポーツ少女——筆橋舞《まい》が瞳を潤ませて喜び、俺のオタク仲間であり女子に免疫がない童貞の鑑——山平銀次《やまひらぎんじ》が労るように言った。

「皆さん……本当にありがとうございます！　わ、私……学校を休んでいる間に皆に忘れられているかもって少しだけ不安だったんですけど……うぅ、本当にみんなと友達で良かったです……！」

ずっと友達がいなかった春華にはこの筆橋発案の復帰祝い会は相当に嬉しかったようで、若干涙目になっている。

（この場所に春華を戻すことができて、本当に良かった……）

優しい青春の空気にもらい泣きしそうになりながら、俺は今朝の教室でのことを思いだしていた。

春華の入院中はリハビリや家族との時間でスケジュールがほぼ埋まっていたため、俺と同様に風見原と筆橋も病院への見舞いを自粛していた。

なので、風見原と筆橋は今朝教室で久しぶりに元気な春華と対面することとなり……二人ともワンワン泣いた。

二人は俺と同じく精神崩壊状態だった春華を見ている分、涙が止まらない様子であり、周囲の生徒たちも微かに瞳を潤ませていた。

(友達が自分のために泣いてくれているのを目の当たりにして、春華もボロボロと泣いてたな。……春華と友達になってくれたのがあいつらで本当に良かった)

それから午前の時間割が終わって、こうしてささやかな春華の復帰祝いが昼食後に開催されたという次第だ。

ジュースやお菓子を摘まむだけの催しだが……春華には何よりも嬉しいことだろう。

「いやしかし、本当に紫条院さんがいるといないとじゃ大違いだな……特にこの三人がいつもの調子に戻ってマジで良かったよ」

「え……？　私がいない間、三人がどうかしていたんですか？」

しみじみと言った銀次に、春華が不思議そうに尋ねる。

「ああ、そりゃもうな……。風見原さんも筆橋さんもすっかり落ち込んでて無口になっててさ。まあ、それ以上にヤバかったのはもちろん新浜だけどさ」

「ああ、うん。私たちもかなり暗い顔になっていた自覚はあるけど、新浜君はそんな私たちでも心配しちゃうレベルだったもんねー。なんというか、もう死相？」

「最初の数日に至ってはゾンビになったみたいに顔色が真っ青でしたからね。今だから笑えますが、その時は冗談抜きでコロッと死んでしまいそうだとハラハラしました」

「そ、そうだったんですか……!?」

その時のことを語られると恥ずかしいが……おおむねその通りである。

春華が倒れた直後は、深い谷底へずっと落ち続けているような終わらない絶望だけが胸を占めており、クラスの皆や家族を随分ギョッとさせてしまったものだ。

「そりゃ、さ……とにかく心配だったから……」

「心一郎君……」

気恥ずかしさを感じながらそう告げると、春華は嬉《うれ》しそうに微笑んだ。

心配してくれてありがとう——そう告げるようなその笑みはあまりに愛らしく、俺はますます頰の赤みを増してしまう。

「ま、そんな枯れ木みたいだった新浜がある日突然、満面の笑みで登校してきたからな。紫条院さんが回復したんだって一発でわかって、クラスもお祭りになってたぜ」

「そうそう、あの時は私も飛び上がって喜んじゃったよ！　ずーっと春華が治るのを祈り続けてきた新浜君の気持ちが通じたんだって！」

「ええ、新浜君はほぼ毎日春華のお見舞いに行ってましたもんね。あの時はその健気すぎる姿に私でも目頭が熱くなってしまいましたが……こうして全てが平和になるとその想いの深さに口元が緩みますねぇ」

風見原の言葉に他二人もうんうんと頷《うなず》き、三人は揃《そろ》ってニヤニヤと生温かい視線を送ってきた。

まったく好き勝手言いやがって……とは思ったが、同時になんだか懐かしい感じもした。

こんなふうに学校に全員揃っていて、こいつらに茶化されるのは……本当に久しぶりだ。

「さて、本来ならこの会では春華の入院中の様子とか、お休みの間にクラスであったこととかをワイワイ話す趣旨でしたが……どうやらそれは全部後回しにするしかないようですね。どう考えても真っ先に議題としなければいけないことがあります」

「へ？」

風見原が唐突に告げてくるが、その意図がよくわからない。

だが銀次と筆橋はその言葉をむしろ当然と捉《とら》えているようで、揃ってうんうんと頷いていた。

「という訳で、新浜君と春華がどうやってゴールインしたのかを聞きたいのですが」

「ぶふぉっ⁉」

「ふぇ⁉」

突きつけられた風見原の言葉はまるで予想外で、俺と春華は揃って狼狽《ろうばい》してしまった。

ど、どういうことだ⁉　なんでそんな見透かしたような台詞《せりふ》が出る⁉

登校途中は早朝だったから人なんていなかったのに……！

「ま、ままま、待て待て！　一体全体何のことだ⁉」

「あー……、この反応ってことは本当にバレてないって思ってたんだね」

「みたいだな……正直マジかよって感じだ」

ひとまず皆が何を察しているのかを探ろうとする俺を見て、筆橋と銀次が呆《あき》れたような声を出す。

いや、だから……！　なんでお前らそんなに確信を持ってるんだ⁉

「いや、そりゃあね、朝に春華と顔を合わせた時は胸がいっぱいになって全然そんなことは気付かなかったよ。春華の復帰を歓迎して盛り上がっていた他のクラスメイトのみんなもそうだったと思う」

露骨に狼狽してしまっている俺と春華に、筆橋が落ち着いた様子で語り出す。

「けどさあ……ちょっと落ち着いてみれば、どう見ても二人がおかしいんだもん」

「お、おかしい……ですか？」

純粋な春華はやっぱり隠しごとが下手なようで、さっきから動揺しまくっていた。

そもそも春華は風見原と筆橋に俺との交際を近い内に伝えるつもりだったようだが……まだ何も言っていないのに看破されつつあるこの状況が不思議でたまらないようだ。

「授業中に隙あらばお互いに視線を交わして、二人ともちょっと照れ臭そうにしながらも幸せそうに微笑み合うのを一時間に十セットくらいやってました」

「以前から距離が近かったけど、もう今日は二人で話をするたびに一ミリでも近くにいたいって感じで肩やら腕やらがずっとくっついたままだったぞ」

「自販機に二人でジュース買いに行った時さ、新浜君が落ちた小銭を春華に渡すついでに手をギュッとしてたよね？　それで春華も顔を赤らめながら新浜君の手をフニフニと握り返してたし」

「「!!!?!!!?」」

し、してた……！　言われてみれば、確かに今言われたことは全部してた……！

恋人同士になれた春華と学校で一緒にいられるのがとにかく嬉しくて、今日は常に春華を見ていたい、春華に触れたいという想いでいっぱいだったのだが……それがどうやら無意識に行動に出てしまっていたらしい。

（け、けど、それにしたって人前で堂々とやってた訳でもないのに、どうしてそこまでバレてるんだ!?）

「え、二人ともまさか……あれでひっそりやっているつもりだったの!?」

「マジか……そういうのに疎い俺だってすぐ気付くレベルのバレバレさだったし、クラスの奴らだって『あー……』みたいな顔で全員察してたぞ」

「廊下とかの教室外でも同じ調子だったので、今日は春華の復帰以上にそのことが校内で噂になりまくっているのに気がつかなかったんですか？」

「「…………………」」

立て続けに並べられる客観的な視点から見た俺たちの姿に、俺と春華はただ絶句して固まってしまう。

少なくとも俺はボロを出していたつもりはなかったのだが……どうやら春華という世界一の天使が恋人となったことに浮かれ過ぎて、普段は作動している世間体センサーが軒並みダウンしていたようだ。

「それで……実際どうなんですか？　今回ばかりは雰囲気がマジすぎて、私もかなり興奮に震えてますが」

「ど、どうなの？　正直そこんとこが気になって、今日は全然授業に身が入らなかったんだけど！」

風見原と筆橋は、絶対に逃がさないとばかりに俺たち二人にずいっと顔を近づけてくる。興味津々というレベルではなく、瞳《ひとみ》にはワクワクとした興奮が溢《あふ》れている。

（まあ、周囲にはともかく、この三人にはすぐ話すつもりではあったけどな……）

隣に座る春華と目を合わせ、俺は『これ以上は秘密にしなくていい』という意を込めて大きく頷く。

それで意を察してくれたようで、春華もまた頬を淡く染めながら頷き返した。

「は、はい……実は今……心一郎君とお付き合いしているんです……」

「「お……おおおおおおおおおおおおぉぉぉ!?」」

春華は照れ臭そうに白状すると、三人は驚嘆と喝采《かっさい》が混ざった大仰な絶叫を上げた。

声があまりにもデカくて、学食中の注目が集まってしまうほどだった。

「え、え、え⁉　ママママ、マジですか⁉　今まで何度もそういうことあってそのたびに肩すかしだったので、今回も死ぬほど思わせぶりなだけかもと思ってたんですけど⁉」

「お、おめでとうぉぉぉぉ‼　す、凄《すご》い！　凄いよ新浜君！　とうとう春華の天然ボケバリアを貫通して恋愛感情を自覚させたんだね！　なんかもう、感動のあまり泣けてきちゃった……！」

「とうとう……とうとうやったんだな新浜……。なんだろう、以前のお前を知っている身としてはその飛躍ぶりにマジで涙が出そうだ……」

三者三様の表情を見せつつ、席を同じくする友達たちは俺たちのことを祝ってくれていた。他人の恋愛ごとでこうまで感情を露わにできる辺りが正に高校生って感じだなぁと、俺はやや恥ずかしい思いをしながら胸中で呟《つぶや》く。

「そ、それでそれで⁉　いつどんなふうに告白したの⁉　二人でバイトしている時？　それともやっぱり誕生日プレゼントを渡した時⁉」

「新浜君からアプローチしたのは確実ですが、春華の反応はどうだったんですか⁉　というかもの凄い過保護っていう春華のお父さんは知ってるんですか⁉」

「今までで一番目を輝かせてんなお前ら……」

芸能人の結婚報告会に集まった記者みたいになった風見原と筆橋を見て、俺はちょっと疲れた声で言った。

この二人はずっと春華をかなり大切にしてくれているから、熱を持っちゃうのはわかるけどさぁ……。

「ええと、はい……ふふ、心一郎君から言ってくれたのはその通りです。場所は私の部屋で——」

「いや、春華⁉　あんまり赤裸々に語られたら俺の心が持たないからな⁉」

もじもじしつつも、なんだか全てを口にしたそうな春華に俺は慌ててストップをかけた。

まあ、風見原と筆橋にならいいって言っても構わないが、さっきからすっかり注目を集めてしまっているこの学食じゃ流石に俺がキツい。

「しかし油断してたな……最初は秘密にしておくつもりだったけどバレバレだったか……」

「そ、そうみたいですね……でも、私としてはこれで良かったかもしれません」

もう隠さなくてよくなったためか、春華はホッとした様子で言った。

「心一郎君が好きだからずっと側にいたいんです。ですから、私が彼女だって皆にちゃんと知っていてもらえば、それも当たり前だって認めてもらえ……あれ？　皆してどうしたんですか？」

ド天然のままにさらりと口から出てきた台詞の破壊力に、当事者である俺はもちろん、さっきまでワイワイと騒がしかった級友三人も一様に顔を真っ赤にして言葉を失っていた。

そっか……そうだよな……。

交際が始まってもその天然さは健在だよな……。

「く、口の中が砂糖でいっぱいになる……！　うぅ……春華の天然さを見くびってたよもぉー……」

「ぐふぅ……恋人なしに対する破壊兵器ですねこれ……もしや我々はパンドラの箱を開けてしまったのでは……？」

なにやら心にダメージを受けたらしき女子二人が苦悶《くもん》を訴え、銀次は土嚢《どのう》一袋分の砂糖を口に流し込まれたような顔で撃沈していた。

そして、俺たちがそんな感じで騒がしくしていると――

「あ、いたぞ！　紫条院さんだけじゃなく新浜って奴もいる！」

学食の入口から剣呑《けんのん》な声が響き、同時に五人の男子生徒が俺らがいるテーブルへとズカズカ近づいてきていた。

身体がガッチリした運動部系だったり、チャラそうな奴だったりとタイプは様々だったが、そいつらには一つ共通していることがあった。

顔に浮かんでいる強い自信。

普段から顔つきとして浮き出る『自分は他よりイケている』という確信だ。

「な、なんなんだあいつら？　いきなりゾロゾロと……」

「あれは……ああ、多分夏休み前ごろに春華を狙ってた連中ですね」

目を丸くする銀次に風見原が説明するのを聞き、俺も連中のことを思い出す。

これは筆橋から聞いたことなのだが……春先から俺が春華と仲良くなっていくのを見て、クラス外のモテ度が高い男子たちが『新浜って冴《さ》えない奴が紫条院さんと仲良くなれてんのなら、イケてる俺が口説けば一発だろ！』と息巻いたようだ。

そんでもって夏休み前辺りに『紫条院さん、俺と遊びにいこうぜ！』ラッシュがあったようだが……結果は見事に全員撃沈。

（春華に他の男からアプローチがあったと聞いてあの時はめっちゃ冷や汗かいたな……まあ春華としては、よく知らない人たちが妙に馴《な》れ馴れしく声をかけてきたのが怖かったらしく、片っ端から断ってくれたみたいだけど……）

なお、このことにより『紫条院さんへの抜け駆け告白禁止！』という暗黙の了解は夏の終わりごろにはだんだん効力を失っていたようで、春華が倒れて学校を一ヶ月以上休むことにならなければ、さらにアプローチは増えていたかもね、と筆橋は述べていた。

「あ、あの、私に何か用事ですか？　今、久しぶりに友達と話しているのでできれば後にしてもらえたら――」

「紫条院さん！　そこにいる新浜って奴と付き合いだしたなんて噂を聞いたんだけど何か

の間違いだろ⁉」

俺たちの前に立った体格の良い男子生徒が開口一番に大きな声で言い、学食にいる生徒の全てが大きくザワついて俺たちへと注目する。

「なぁどうなんだ⁉　いや、いくらなんでもそんなことありえないとは思うけどさ、その辺はっきりしてほしいんだよ！」

さも当然のように春華に詰め寄るそいつらに、俺はため息を吐《つ》いた。

なんで春華がお前らにそんなことを説明しなきゃならない？

（まあ、春華と付き合い始めたらこういう奴らが出てくるのは予想の範囲《はんい》だけどさ）

文化祭や球技大会で絆《きずな》を深めたおかげで、俺のクラスの連中は俺と春華がどれだけ仲良くなっても特にイチャモンはつけてこないが——クラス外だと春華を彼女にしたい男子は山のようにいる。

そんな奴らが、『新浜とかいうなんかオタクっぽい奴』と春華が付き合いだしたなんて聞けば、全員じゃなくても一部は我慢ならなくなるだろう。

（そんじゃま、さっさとお帰り願うか。俺たちのことを隠す必要はもうないし、大して難しいことじゃ——）

胸中で呟きつつ、俺が腰を浮かせかけた時——

「——いいえ、その噂は間違っていません」

問題の男子連中に堂々と向き合い、春華が俺より先に口を開いていた。

強い意志と言葉で、はっきりと。

「私は、心一郎君とお付き合いさせて頂いています」

その言葉により、学食に極めて大きなどよめきが起こった。

ただでさえ今日は俺たちの油断のせいでそういう噂が広まっている状態だ。

そんな中での春華の交際宣言は火薬庫に火を点けるようなものであり、学食内のあちこちから困惑の声や悲鳴が上がる。

「ちょ、嘘だろ!?」「マジかよ!?」「そ、そんな……紫条院さん！」「あぁ、ああああああああぁぁぁ……！」「脳が……脳が破壊される……！」と想像以上に阿鼻叫喚《あびきょうかん》だ。

「は……はああああ!? なんだそりゃ!? ありえねぇだろそんなの!?」

「そんなモサッとした冴えない奴と!? 冗談はやめろって！」

春華の明確な説明に、男子五人組は揃《そろ》って声を荒らげた。

これもまた俺の予想内ではあるが……辟易《へきえき》するのは止められない。

「あ、ありえないってなんだよあいつら……！　新浜がどんな奴かも知らないでよくもあんな……！」

「私も完全に同じ思いですが……ああいう人たちにそれを言っても無駄ですよ山平君。自分たちが『下』に見ている男子が、どの男子も憧《あこが》れる春華の彼氏になる——それは彼らの中では許されないことなんです」

　そう、かつて俺と一悶着《ひともんちゃく》あった王子様気取りの御剣《みつるぎ》ほどじゃないが（なんかあいつは春華にプライドを粉々にされた後で妙に大人しくなったらしい）、この五人組どもは学年の男子の中でもかなりの有力者のようで、自分たちが『上』であることを強く意識している。

　スポーツが得意な訳でもルックスが特別に良い訳でもない俺が学校のアイドルである春華と恋人関係になるなど、世の摂理に反しているとさえ思っているだろう。

「……モサッとした冴えない奴……。心一郎君が、ですか？」

「ああ、そうだよ！　ヒョロくて弱っちくてオタクらしいじゃんか！　そんなのと付き合うとか訳わかんねえって！」

「俺たちをフっておきながらそんな奴と付き合うとか……失礼だと思わねえの⁉」

「あ、わかった！　なんか脅されてるんだろ紫条院さん！　よしよし任せろって！　そいつを締め上げて二度と紫条院さんに近寄らないように――」

　好き勝手に喚く連中に、流石に俺の不快感が限界に近づく。

　だがそれ以上に青筋を立てているのは同席している三人の級友であり、目が据わった筆橋の「ごめん、もう黙ってらんない」という言葉に風見原が「奇遇ですね、私もです」と氷のように冷たい声で応える。

　喧嘩《けんか》なんかしたことなさそうな銀次ですら「マジで何様だ……！　だから俺様系の奴ら

は嫌いなんだよ！」と今にも爆発寸前なほどに頭へ血を上らせていた。

そんな一触即発な空気の中で——

ダァンッッ！　と耳をつんざくような音が学食に鳴り響き、騒がしくザワついていた学食が一気に静まりかえる。

そして、その場にいる誰もが注目する。

今しがた両手でテーブルを力いっぱい叩《たた》いた、紫条院春華という少女に。

「黙って聞いていれば……！　どこまで失礼なんですか貴方《あなた》たちは⁉　訳がわからないことを言うのもいい加減にしてください！」

驚愕《きょうがく》に固まった大勢の視線が集中しているにもかかわらず、春華は躊躇《ためら》いなく声を張り上げた。

「心一郎君は冴えないどころか最高にカッコいいんです！　どんなことでも凄《すご》く頑張って成し遂げて、障害があっても全然諦《あきら》めません！　それでいてとても優しくて、こんな私のことを数え切れないほどに助けてくれました！」

ほわほわの天然美少女として認知されている春華が見せる怒りがまるで予想外だったのか、五人組はただ目を白黒させて固まっていた。

「心一郎君の素晴らしい点ならいくらでも言えます！　とっても頭が良くて、勉強を教えるのが上手くて、バイトの仕事でも大人顔負けの能力があって、照れたり笑ったりするお顔の全てが可愛くてホッとして、困っている私を助けてくれる時の頼もしさには思わずポーッとなっちゃいます！」

あらゆる角度から褒められる俺は、大勢の視線を感じて顔から火が出そうなほどに恥ずかしかったが……それでも、春華がそう言ってくれるのは俺にとって望外の喜びだった。

「貴方たちなんか比べものにならないくらいに素敵で――私の大好きな人なんです！」

胸に手を当てて春華は、なんの躊躇いもなく堂々と言い切り――その強烈すぎる感情の発露は、学食中の人間全員の目を見開かせるほどだった。

（……春華……）

そして俺もまた、その純粋に告げられた言葉に脳が甘く痺《しび》れていた。

大好きな人から大好きと言ってもらう。

それは、世界で最も幸せなことなのかもしれない。

「もういいだろ、お前ら」

春華の勢いに呑まれて固まった五人組どもに、俺はゆっくりと語りかけた。

「納得できないかもしれないけど、俺は本気で春華と付き合っている。まだ文句があるなら、俺が聞く」

春華の前に立ちはだかって睨《にら》みを利かせる俺に、五人組の表情がひきつる。

なにせ、これまでのやりとりによりこの学食の空気は完全に春華に持っていかれている。

特に女子たちは臆《おく》さずに自分の恋を語る春華に完全に味方しており、そもそも物言いが失礼すぎた五人組に向けられる視線は極めて冷たい。

「ちっ……くそ！」

自分たちの不利を悟ったのか、五人組はそそくさと逃げ出す。

そうして、やっと難癖タイムは終わったのだが……

「おわっ⁉」

次に起こったのは、学食内の生徒たちからの盛大な拍手だった。

「やるじゃん紫条院さん！」「めっちゃスカッとした！」「うぁぁ……ちくしょう！　そんなにそいつが好きかよぉぉぉ！」「恥ずかしいなぁ、もぉー……」「くそ羨《うらや》ましい……！　あのイメチェン野郎め！」「うぅ、私もそこまで言える彼氏欲しいぃぃぃ！」

まるでそういうエンターテイメントを楽しんだかのように、多くの女子は興奮したりニマニマしたりしながらも手を打ち鳴らし、少なくない男子も同調していた。

……男子からは怨嗟《えんさ》の声も多いが、まあそこはご愛敬だ。

「あ……えと……わ、私……感情に任せて凄いことを叫んで……」

万雷の拍手の中心にいる春華は、自分が何を叫んだかを冷えた頭で冷静に理解できたようで、今になって顔を火照《ほて》らせていた。

「す、すみません……内緒にしておくどころか完全に暴露しちゃいました……」

「いやいや、そもそもかなりバレてたみたいだし全然構わないって」

申し訳なさそうな春華の頭を撫《な》で、絹糸のような髪の感触を堪能《たんのう》しながら俺は言った。

そしてここからは……周囲の連中に聞かれないように春華に一歩近づき、俺は囁《ささや》くような小声で語った。

「それより……嬉《うれ》しかったよ」

「え――」

「あんなにも怒ってくれて、あんなにも強い言葉で俺を肯定してくれたのが……頭の奥が痺れるくらいに嬉しかった」

「い、いえ、そんな……ただ思ってることを言っただけで……」

それが『思っていること』だからこそ嬉しいのだと俺は胸中で呟《つぶや》き、少女への愛しさのままにさらに頭を撫でる。

「春華が本気でそう思ってくれていることがわかるからこそ、俺は嬉しかったんだ。だから――ありがとう」

「心一郎君……」

俺がそう言ったのがそんなに嬉しかったのか、春華はぱあっと花が咲くような笑顔を見せる。

気持ちが通じ合っていることを確かめ合うのがとても心地好《よ》くて、俺と春華はしばしぼんやりとお互いの顔を見つめ合い――

「二人ともさぁ……そろそろ周囲も見回した方がいいんじゃないの～？」

からかうような筆橋の言葉に我に返ると……いつの間にか拍手は止んでおり、かわりに興味津々な視線が俺たちに集中していた。

見れば、級友三人もニマニマ顔で俺たちを眺めており、今自分たちが恥ずかしさの上に恥ずかしさを重ねていたのだとようやく悟る。

「……その……お互いに浮かれて油断しがちだから、もうちょっと気を付けた方がいいかもな……」

「そ、そうですね……」

さっきから何度赤くなったかわからない顔をまたも朱に染めて、俺と春華は注目から逃れるために着席し、未だに止まぬニマニマ視線に耐えた。

なおこの出来事により、俺たちの交際はあっという間に学校中に知れ渡り……しばらくは俺も春華も廊下を歩くだけで注目されまくる日々を送ることとなったのである。

＊

「なんかもう、すっかり有名人になってしまった感があるな俺……」

「ええ、なんともくすぐったいですけど……未だに学校中の話題みたいですね……」

放課後の図書室。

極めて久しぶりに二人っきりで図書委員の当番を担っている俺たちは、静かな室内でここ数日の騒動を思い出していた。

あの学食事件の後――どうやら情報はいち早く伝わっていたようで、教室に戻った俺たちはクラスメイトたちから取り囲まれた。

『やっぱりか！　朝からもうこれ決定だろと思ったんだよ！』

『おめでとー新浜君！　押せ押せなスタイルが実ったじゃん！』

『今までヤキモキしてたから、これでちょっとすっきりするねー』

そんなふうに祝福してくれるのはありがたかったのだが――俺はふと違和感を持った。

皆の物言いは、まるで俺の春華への恋心が以前からバレバレだったようにしか聞こえなかったからだ。

その疑問を呈してみると――

『ぎゃはははは！　なんだお前、あれで隠してるつもりだったのかよ！』

などと、文化祭で俺を困らせたアホの赤崎《あかさき》には爆笑され、

『え、いや……皆気遣って黙っていただけで、逆にあの親密さで付き合っていないことの方が不思議でならなかったな……』

　イケメン野球部の塚本《つかもと》にはちょっと呆《あき》れ顔《がお》で言われてしまい、他のクラスメイトもそれに深く頷《うなず》いていた。

「でもま、思ったより平和に認知されて良かったよ。正直、あの五人組みたいなのはもっと大量に来ると思っていたし、御剣《みつるぎ》の馬鹿野郎が復活してまた突っかかってくるかもとも思ってたからな」

「ああ、あの失礼で無神経な人ですか……大丈夫ですよ、その時は私が絶対に追い払いますから。正直、もう視界に入れたくもないですけど」

「お、おう……」

　その名前が出た途端に、春華はハイライトが消えた闇落ちヒロインみたいな顔になって、北極の氷河よりもなお冷たい声でバッサリと言った。

　こ、怖え……やっぱりあいつだけは本当に嫌いなんだな……。

「あー、ところで春華……その、身体の調子はどうだ？」

「はい、最初の日はやっぱりまだ本調子じゃなかったんですけど……今ではもうすっかり元気です！　遅れている勉強は大変ですけど、元気はいっぱいですよ！」

　活力の溢《あふ》れる笑顔で応えてくれた春華に、俺はほっとした。

　なにせ未来記憶の流入なんて、人類にとっては未知すぎる現象だ。何か後遺症が残るのではないかと密かに心配していたのだ。

「そ、そっか。なら、その……ちょっと提案があるんだけど」

「はい！　心二郎君の提案ならなんでも受け入れますから、どんなことでも言ってみてください！」

天真爛漫《てんしんらんまん》な少女は、またしてもそんな無防備なことを言って俺の心を惑わせる。

あまりにも愛らしくついついポーッとなりそうだったが……自分の心に活を入れて俺はそれを口にした。

「今度の土曜……一緒に出かけないか？」

幕間　もう一つの未来

俺こと新浜心一郎《にいはましんいちろう》は二十五歳の社畜だった。

オタクで根暗だった学生時代を経て地獄のようなブラック企業へと就職してしまい、毎日精神と寿命をガリガリと摩滅させる生活を七年も続けた底辺男だ。

そう、ほんの二ヶ月前まではそのはずだったのだが――

(なんでこんなことになっているんだっけ……？)

「あ、新浜君、このカルパッチョ美味《おい》しいですよ！　白ワインが進んじゃいます！」

「紫条院《しじょういん》さん……ちょっとペース早くないか？」

仕事帰りの人で賑《にぎ》わう夕方の居酒屋で、俺の正面に座る超絶的な美人は上機嫌でグラスを傾けていた。

長くて艶《つや》やかな髪と星の輝きのような瞳《ひとみ》を持ち、街を歩けば多くの男性が振り返る美貌《びぼう》の女神――紫条院春華《はるか》。

名家の生まれで実家も大金持ちという貴族的な人であり、いくら高校時代のクラスメイトと言っても本来ド庶民かつ凡人の俺がそう簡単にお近づきになれる女性ではない。

そんな彼女と、俺は今二人っきりで飲みにきている。

そしてこれは、初めてのことという訳でもないのだ。

（いや、こうなった経緯は全部思い出せるんだよ。ただその時の俺がどうしてあそこまで出来たのかが自分でもさっぱりすぎる……）

そう、俺はここに至るまでの自分の行動を全部覚えている。

発端は、ある日俺の中に灼熱《しゃくねつ》のような意志が宿ったことだった。

その胸にニトロエンジンを宿したかのような熱量は俺に無敵モードをもたらし、あれだけ辞める勇気を持てなかったゴミ会社に、即日辞表を叩《たた》きつけるという行動に走らせた。

のみならず、退職を契機として疎遠になっていた家族とも自分から連絡を取り、関係を修復したのだ。

（この間実家に帰ったら母さんは涙を流して俺のブラック脱却を喜んでくれたな……。香《か》奈子《なこ》は未だに俺を厳しい目で見てるけど、たまに話くらいはしてくれるようになったし以前とは雲泥の差だ）

ここまでだけでも自分が成したこととは信じがたいが、その後の行動はさらに普段の俺の思考回路ではありえないものだった。

ふとしたことから紫条院さんと再会し、俺は彼女の表情から職場で苛烈《かれつ》な精神的苦痛を受けているのだと察して会社を辞めるように説得を開始した。

紫条院さんは頑なな様子だったが、それでも俺はあきらめずにとうとう説得に成功。

彼女を壮絶ないじめから遠ざけることができたのだが――

（高校時代はろくに話もできなかった紫条院さんを再会したその日に食事に誘うとか、俺はどんだけチャラ男だ？　しかも何で俺はあんな命がけみたいな勢いで紫条院さんに辞職するよう説得したんだ？）

あの時の焦燥感、悲壮感、必死の思い――そういった感情の色は覚えているが、自分が何を考えてあそこまで突っ走ったのかが記憶から消滅している。

流石に不気味だったので念のため脳の病院にも行ってみたが至って健康。結局、俺に何が起こったのかは謎のままである。

（……まあ、いっか。突然湧いてきた心のエネルギーが何だったのかはわからないけど、あれは間違いなく俺の意思に基づいた行動だったんだから）

紫条院さんを標的としたいじめの実態を知れば、今の俺でもすぐに会社を辞めてくれと切望するだろう。

強いストレスは容易に人間を破壊することを、俺はよく知っているからだ。

（けど、俺は絶対にそんな本音を言えない。紫条院さんの状況を知っていても、ウザがられたり嫌われたりすることを怖れて結局何も行動できない。……本来ならな）

だが、胸に宿った烈火が俺を強引に衝《つ》き動かした結果、紫条院さんは俺の目の前で笑っている。自分を縛っていた鎖から解き放たれたかのように、あの頃と同じ快活な笑みを浮かべているのだ。

「いやもう本当に前の職場を辞めてから心が軽いですね！　羽が生えて空を飛べてしまいそうな気分です！」

「ああ、それは超わかる。俺もあの強制労働所みたいなところから脱出したら、気分がすっごく軽いしモノクロだった世界が突然カラーになったみたいに鮮明になったよ」

「そうなんです！　感受性とか余裕が復活してるのか、何もかもが輝いて見えて、食べ物やお酒も格段に美味しく感じるんですよ！　あ、店員さん！　次はカシスオレンジをお願いします！」

アルコールで頬がうっすらと赤くなった紫条院さんは、リラックスしきった様子で朗らかに笑っている。

そこには、二ヶ月前にあった陰鬱《いんうつ》な気配は微塵《みじん》もない。

(良かった……本当に良かった……)

紫条院さんと再会したその時、高校時代に憧《あこが》れていた少女が陰鬱な顔で社会を生きる様に、俺は激しい悲嘆と憤りを覚えた。

紆余曲折《うよきょくせつ》を経た今、心を潰《つぶ》す重荷を取り払った紫条院さんはあの時とは違う自然な笑みを見せており、そのたびに俺は心から救われたような気分になる。

ああ、そうだ。この綺麗《きれい》な人は、こうあるべきなんだ。

「しかしまあ、本当に人生って何があるのかわからないよな……俺が千秋楽書店みたいな大会社に入れるなんて夢にも思ってなかったよ」

「ふふ、私たち、いまや同僚ですもんね」

ここ二ヶ月の急激な状況に変化を反芻《はんすう》し、俺はビールを一口呷《あお》った。

臨海公園で紫条院さんの説得に成功したあの日の後――

俺たちはチャットアプリの連絡先を交換して、その後もたびたび連絡を取り合っていた。

その最中で知ったことなのだが、あの後間もなく紫条院さんは両親に職場で起こっていたことを話し、すぐに職を辞した。

そして、紫条院さんの父親である千秋楽書店社長の紫条院時宗《ときむね》氏は、娘が凄惨《せいさん》ないじめに遭っていたという事実に激怒などという言葉では生ぬるいほどにキレていたらしい。

なんでも腕利きの弁護士やらを急遽《きゅうきょ》手配していたということらしいから、諸悪の根源たるそのいじめグループは社会的にとてつもない代償を支払うことになるのだろう。

（まあ正直、俺個人としては『完膚なきまで徹底的にやってください！』という感想しかないな）

自分が気に入らないなどという理由で他人の心を殺しにかかるような連中は、二度と日の目を見られないようにしてほしい。

（しかしご両親に会うことになった時は緊張しまくったなあ……）

紫条院さんは自分の状況と職場を辞める決意を両親に話した時、『偶然再会したクラスメイト』がそんな職場はすぐ辞めるよう必死に説得してくれたと話したらしい。

娘が深く感謝を込めて語る内容から、ご両親はその人に会って是非お礼を言いたいと言い出したようで、俺は無職の身でありながら高級ホテルのカフェで大企業の社長夫妻と顔を合わせることとなったのである。

『娘の話を聞いて青ざめたよ。おそらく君がいなかったら何年後かに春華はとんでもないことになっていた。しかも、君は春華が頑なに現状を変えることを拒んでもなお辞職するよう説得してくれたらしいな。感謝の言葉もない』

大会社の社長であるにもかかわらず深々と頭を下げる社長とその奥さん（紫条院さんにそっくりかつ若すぎでビビった）に戦々恐々としつつ、俺はその二人のまともさに安堵《あんど》した。

こんなにも娘を愛しているご両親がいるのなら、紫条院さんはもう大丈夫だろうと思えたからだ。

そして——俺に凄《すさ》まじい転機が訪れたのもこの席でのことだった。

『それで是非お礼をしたいのだが……ん？　先日ブラック企業を辞めて人間らしく働ける

職場を探している？　なら良ければウチに来るかね？』

その夢のような話に一瞬目の前が真っ白になったものの、この機を逃してなるものかと全力で首を縦に振り、あれよあれよという間に俺は千秋楽書店の社員になった。

正確に言えば、その系列であるブックカフェでの採用である。

ちなみに、再就職を果たした紫条院さんの勤務先も同じであり、俺たちは期せずして同期になったのだ。

そんなふうに縁が増えた俺たちは、こうして雑談したり飲みに行ったりすることも珍しくなくなっている。

「私もコネ入社のようで気は引けましたが……周囲にはお父様の娘ではなく、紫条院家の『親族』だと言っているので、極度に気を遣われるのは避けられていますね。本当に、とても気持ち良く働けています」

「ああ、店長の三島さんも俺たちが前職でされたことを聞いて凄《すご》く怒ってくれたしな……もっと早くああいう上司を持ちたかったよ」

「……ホワイトですね」

「ホワイトだなぁ……」

いかに前職が酷かったかを思い出し、俺たちは苦笑いを浮かべてしまう。

ホワイト企業という世界を味わうほどに、『一体、前職のあの地獄はなんだったんだ？』

という思いが浮上してしまうのだ。

「本当に、なんであんな労働基準法を無視した違法企業なんかにずっといたんだろうな俺……ちょっと馬鹿なんじゃないか？」

「いえいえ、新浜君はちゃんとそこから抜け出したばかりか、凝り固まった考えでノイローゼになりかけていた私を救ってくれたじゃないですか！　私にとって命の恩人であって、尊敬すべき人です！」

（っ⁉　ち、近……っ！）

ちょっと興奮したらしき紫条院さんは、テーブルに手をついてほんのりと朱に染まった美しい顔を俺へと近づけてきた。

吸い込まれそうな瞳に、シルクのようにさらさらと流れる長い髪、薄桃色の唇、体勢的にどうしても視界に入る豊満な胸の谷間――その全てがグイッとズームアップされる。

（ああもう、美人すぎる……！　そのへんの女優なんて目じゃない美貌をしていて心は清純なんて、どうやっても意識するよ！）

「……私も身に染みましたけど、大人といっても誰もが自分のことで精一杯で他人のことを助ける余裕なんてありません」

紫条院さんは近づけていた顔を離し、実感がこもった様子で続きを口にした。

「なのに新浜君は自分だってようやく酷い職場を脱出したばかりなのに、私を助けてくれました。それは私にとって……涙が出るほどの救いだったんです」

「紫条院さん……」

深く感情を込めて静かに語る紫条院さんの想いは、言葉のままなのだろう。

自分を縛めていたものを断ち切ってくれてありがとうと、その瞳には深い感謝の色だけがあった。

「そ、それと……ちょっと恥ずかしかったですけど、嬉《うれ》しかったですよ。新浜君が、高校時代から私をずっと見てくれていたなんて」

「あ、いや、あれは……！」

紫条院さんが頬の赤みを深くし、俺は非常に慌てた。

紫条院さんが言っているのは、俺が彼女の説得において紫条院さんの美点をこれでもかと挙げた一幕だった。

俺が密かに高校生時代の紫条院さんをずっと見ていたという告白でもあり、今思い返すと恥ずかしいというレベルではない。

「あ、あの時は俺もちょっと興奮していたというか、どこかおかしかったんだ！　よくもあんなストーカー一歩手前みたいなことをまくし立てたもんだって、自分でも信じられないくらいで……！」

「……じゃあ、ウソだったんですか？」

「は⁉　いや、そんな訳あるか！　あの時に言ったことは全部本気に決まってるだろ！　紫条院さんはとにかく魅力的な人で——あ」

「そ、そうですか……」

そのやり取りは、お互いにとって自爆だった。

聞かされた紫条院さんも、まくしたてた俺も、お互いに炸裂《さくれつ》した爆弾の破壊力に顔を真っ赤にしている。

彼女に、高校の時の天然バリアはもうないのだから。

「だからまあ……自信を持ってくれよ紫条院さん」

羞恥心《しゅうちしん》を誤魔化すように、俺は自分の本音を語り出した。

「紫条院さんはとても価値がある人で、とてつもなく魅力的だよ。だから俺は……そんな人が社会のくだらない部分のせいで苦しんでいるのが、どうしても我慢ならなかったんだ」

「新浜、君……」

ああ、そうだ。

あの時、俺に宿った炎のような原動力がなんだったかはわからない。

けれど、あの時に膨れ上がった想いは今も変わらずここにある。

紫条院春華という存在が俺にとっての青春の宝石であり、悪意の汚濁によって穢《けが》されるのは、絶対に看過できない。

「ええと、それでさ、その……」

「……？」

そして、これ以上は俺自身の想いで先に進んでいかなければならない。

陰キャだろうと恋愛経験ゼロだろうと、人生が下手クソな男だろうと——自分から進んでいかないと欲しいものは手に入らないと、他ならぬあの日の自分が教えてくれたのだ。

「こうして何度か飲みに誘ってもらっているけど……今度は俺から誘わせてもらってもいいかな。実は男一人で行きにくいメシ屋があってさ、今度の金曜日の夕方に一緒に行ってくれると凄く助かるって言うか……」

「!!」

汗をダラダラと流しながら、俺は一線を越えるお誘いを口にした。

まさに清水の舞台から飛び降りるほどの決意で発した言葉だが、ある意味我慢の限界とも言えるだろう。

明るさを取り戻してからの紫条院さんは、会社が一緒になったこともあって俺にちょくちょく話しかけてくれて、こうしてプライベートな時間も何度か共有した。

いくら俺がヘタレとはいえ、毎日のように見せられる愛らしい笑顔に再燃した恋心がキャンプファイヤーになるのはあっという間であり、その想いはもう口から溢《あふ》れそうになっているのだから。

「い、行きます行きます！　車ですか⁉　電車ですか⁉」

「あ、ああ。一応俺が車を出そうかなって……」

「じゃあちょっとしたドライブですね！　ふふ、とっても楽しみです！」

高校時代の時と同じように、女神となった紫条院さんは朗らかに笑う。

心弾む様を隠そうとしない、無邪気な子どものように。

「あ、ありがとう。でも予定とか大丈夫か？　最近は部署の女の子たちとも仲良くしてるそうだし、先約があったら……」

「いえ、大丈夫ですよ。皆さんとは平日のお昼はご一緒しますけど、家庭を持っている人も多くて夜は集まったりしませんから。それに――」

嬉しそうな笑みを湛《たた》えたまま、紫条院さんは自然に続けた。

「私がこうしてお酒を誘ったりするのは新浜君だけですから、お互いに予定がなければ全然大丈夫です！」

「ぶ……！」

それは、大人になった今もたまに炸裂する紫条院さんの天然ボケだった。

心が弾んでいる時に発生する傾向があるようで、その発言がどれだけ男心を射貫くものなのか、全くわかっていない。

「ふふ、こうしてこんな話をして笑えているなんて、本当にウソみたいです」

再会時に失っていた天真爛漫《てんしんらんまん》な部分を取り戻した紫条院さんは、嬉しそうに今この時を慈しむ。

「何度言ってもお礼が足りないです。こんなふうに私を取り戻せたのは、何もかも新浜君のおかげですから」

「紫条院さん……」

陰も曇りもなくなった透き通った瞳《ひとみ》は、俺へと向いていた。

「これからも、どうかよろしくお願いしますね。私は——ずっとずっと新浜君と仲良くしていたいです！」

言って、紫条院さんは笑みを浮かべた。

それは、再会した頃の紫条院さんが失っていたもの。

眩《まぶ》しいほどに純粋で綺麗《きれい》な心の、輝くような発露。

大輪の花のような心のままの笑顔が——そこにはあった。

最終章　たとえ時を遡ろうとも——

肌寒い朝に起床した時点から、俺はとても浮かれていた。

なぜなら本日は、俺と春華《はるか》の初デートというスペシャルビッグイベントが行われる日だからである。

『で、出かけ……そ、それってデートというものですか⁉　あ、あわわ……い、行きます行きます！　どうか連れていってください心一郎《しんいちろう》君！』

先日の俺のお誘いに、春華は驚いたり顔を赤くしたりと百面相をしながらも、愛らしい笑顔でそれを受け入れてくれた。

そして本日は待ちに待ったデート当日だ。

俺は時間に余裕を持って待ち合わせ場所に行こうとしていたのだが——

(どうしてだ……何がどうなってこうなった⁉)

俺は今、走る高級車の後部座席に座っていた。

まるで前後関係のわからない事態に、胃がキリキリと痛む。

「…………………………………………あの」

「どうかしたのかね新浜《にいはま》君」

俺の声に応えた運転手は、あろうことか春華の父親であり全国的な書店チェーンの社長である紫条院《しじょういん》時宗《ときむね》さんだった。

「ど、どうして時宗さんがわざわざ俺のために車を？　いきなり家の前で貴方《あなた》が待っていた時は心臓が飛び出そうになったんですけど……」

そう、ウキウキで家から出た俺だったが、そこに待っていたのは高級車に乗ったこの過保護社長だったのだ。

玄関から出たままのポーズで石のように固まった俺は、『春華と待ち合わせをしているんだろう？　送ってやるから乗りたまえ』と言われて今に至るのだが……。

「なに、君とちょっとだけ話したくてな。今日は春華とデートと聞いてこうして運転手を買って出た訳だ」

いやいやいや！　買って出たじゃないですよ！　なんなんだこの針のムシロ空間は!?

「最後に君と会ったのは春華が回復したあの夜だったな。あの時は冬泉《ふゆいずみ》君から連絡を受けて妻と一緒に急ぎ自宅へと走ったが……」

時宗さんはいつものように怒気を見せずに淡々と話すが……それがより恐ろしくて身体の震えが止まらない。

「いざ帰宅して見せられたものは、元気になった娘と抱き合っている君という構図だ。私は元に戻った春華の姿に感激して泣けばいいのか、両親である我々を差し置いて娘と抱擁を交わしている君にキレればいいのか、情緒がとんでもなくメチャクチャになったよ」

「そ、それは……本当にごめんなさい……」

こうして時宗さん視点で語られれば、確かに感情をどうしたら良いかわからないシチュエーションだったのはその通りであり、謝ることしかできない。

「そして、春華のリハビリも済んで私も心が穏やかになってきたところで、春華が君と恋人関係になったと満面の笑みで報告しに来てな。私はもう荒れに荒れた挙句ウィスキーをラッパ飲みしてむせび泣いた。ちなみに妻は祭り状態になって別の意味で荒ぶっていたが」

「……え、ええと……」

時宗さんの語りが進むたびに、俺のシャツはどんどん冷や汗で濡《ぬ》れていく。

うおぉぉ……超逃げてぇ……。

「ところで問題だ。地球より大事にしている娘がのぼせ上がった顔で『明日《あした》はデートなんです！』と報告された父親が、そのデート相手とこうして一対一になっている。この状況で父親は何を考えていると思う？」

「そ、その……『やはりお前なんぞに娘はやれない！』とか……？」

「はは、０点だよ新浜君。答えは『こいつどこに埋めてこようか』だ」

「ヒイイイ!?」

穏やかな口調だけどやっぱりキレてる……！

めっちゃキレていらっしゃるぅぅぅ！

「……春華がな、心を失っている間に夢を見ていたと言うんだ」

「え……」

不意に、時宗さんは声のトーンを低くした。

「別に昏睡《こんすい》状態だった訳でもないのに夢とは変な話だが……ともかくその夢において、春華は大人になった自分と、それを懸命に助けようとしている君の夢を見続けていたらしい」

苦笑を交え、時宗さんは続ける。

「そうして君の姿と声に導かれるようにして深い闇から抜け出せたのだと聞いて、私はガックリきたよ。無意識下で春華が求めていたのは、生まれてからずっと見守ってきた親ではなく、交流を始めてたかだか半年とちょっと程度の少年だったのだからな」

娘を愛する父親の深いため息が、車内に木霊《こだま》する。

「だが、同時に思った。春華はもう子どもではなく、どんどん家の外へと世界を広げているのだと。結局、何故春華があんな状態になったのかは医者にもわからんそうだが……君がいなければ、春華は元に戻らなかったかもしれん」

バックミラー越しにこちらを見ながら、時宗さんは俺に向かってさらに言葉を紡いだ。

「だから、礼を言うよ新浜君。春華を想っていてくれて……ありがとう」

「い、いえ、そんな……」

まさかそんな話になるとは思っていなかった俺は、返答に困る。

そんな俺の姿を見てフッと笑い、時宗さんは次の話を振ってきた。

「なあ、新浜君よ。覚悟は変わらんか？」

「え？」

「君が春華に向ける気持ちは、高校生レベルのお気楽なものではないと私はもう知っている。だが、だからこそ聞く。覚悟は変わらないか？」

口元に笑みを浮かべ、時宗さんが念を押すように聞いてくる。

まるで、俺の答えを確信しているかのように。

「はい、変わりません」

対して、俺はきっぱりとその素直な胸の内を語った。

元より俺は、これ以外の答えを持ち合わせていない。

「俺は、ようやく念願叶《かな》って春華さんと一緒に歩けるようになりました。これから先、春華さんに愛想を尽かされない限りは、ずっとそばにいたいんです」

「ふん、相変わらず臆面《おくめん》もなくよく言う。まったく君という奴は、最初に会った時から年相応の可愛げがないいな」

言葉とは裏腹に、時宗さんは嬉《うれ》しそうに笑みを深めていた。

「なら、今後はそれを証明していきたまえ。春華の気持ちを……大切にしてやってくれ」

「え……」

とても穏やかに告げられたその言葉に、俺は目を丸くした。

許して……くれた？

あの娘ラブの時宗さんが、俺という男と春華が歩んでいくことを？

あんなにも娘を愛しているこの人が、波瀾万丈《はらんばんじょう》の人生を歩んで人を見る目にかけては誰よりも鋭いであろうこの大企業の社長が——俺にその資格があると、認めてくれた。

その事実に、俺の胸から得も言われぬ歓喜が噴き出す。

俺はとうとう……この人に認めてもらったんだ……！

「〜〜〜っ！　はい！　絶対に春華を幸せにします！　そして、いつか時宗さんをお義父さんと呼べるように頑張りますから！」

「はあああああ!?　誰がお義父さんだ!?　気が早いにもほどがあるわアホぉ！」

理想的な未来像がつい口から漏れ、時宗さんはキレた。

＊

「その……送って頂いて本当にありがとうございます」

「ふん、さっさと行きたまえ。春華を待たせないようにな」

目的地に到着すると、時宗さんは俺を降ろして早々に去っていった。

あの人の娘ラブ度から考えれば、これから春華がデートだなんて実際は心中が乱れまくっているだろうが……それを表に出さないのは、それだけ俺を信用してくれているからだと思いたい。

（それにしても……この場所か）

俺は周囲を見渡して感慨に耽《ふけ》った。

都心部から離れた場所にあるこの臨海公園は——未来の春華と訪れたあの場所に他ならなかったからだ。

今回のお目当てはこの公園自体ではなく、園内に存在する大規模な水族館だ。

俺がリサーチした候補の中から春華が選んで決めたのだが……未来で行ったこの場所に『今』もまた訪れるというのは、何だか妙な感じだった。

「あ！　こっちです心一郎君！　こっちでーすっ！」

声の方角に振り返ると、そこには天使がいた。

（か、可愛い……！）

何度となく春華の私服姿を見ている俺だが、今回もまたその愛らしさに魅了されてしまった。

　ベージュのフリル付ブラウスは彼女の清楚《せいそ》な雰囲気を引き立てており、胸元で揺れるリボンも愛らしく、淡いブルーのスカートがフワリと揺れる様は男心をくすぐる。

　腕に下げた薄桃色のショルダーバッグや、服の色と合わせた白色系のパンプスなどもよく似合っており、まさにお嬢様という印象を与える華やかかつ上品なコーデだった。

（こんなに可愛い子が今は俺の彼女なんだよな……俺の、彼女……）

「？　どうしたんですか心一郎君？　なんだかぽやーっとしてますけど」

「あ、いや……春華があんまり可愛くてびっくりしてた……」

「ふぇ!?　も、もう！　今日はただでさえ興奮気味なのに、これ以上私の胸をドキドキさせないでください！」

　春華は照れながら可愛く文句を言ったが、本気で天使としか言いようがないのだから仕方ない。

　代わり映えのしないシャツと綿パン姿で来た自分が恥ずかしいくらいだ。

「けど早かったな春華。まだ約束の二十分前だけど……」

「その……デートで待ち合わせなんて、初めての体験だったので……なるべく早く来て心一郎君のことを考えながら待っていようかなって……」

「ふぉぅ……！」

そんなとんでもなく可愛いことを、春華は照れ笑いを浮かべながら口にした。

あまりの破壊力に、思わず変な呻《うめ》き声が出てしまう。

「その、至らないこともあるかもしれませんけど……今日はよろしくお願いしますね！」

「あ、ああ！　俺も初めてだからお互い様だけど……こっちこそよろしくな」

まるで中学生同士のカップルのように、俺たちは初めてのデートという状況を前にあまりにも初々しく緊張して赤面していた。

お互いの家にすら行ったことがあるのにおかしな話かもしれないが、それでもお互いに想いを確かめあって共に過ごす休日は、やはり特別なものなのだ。

「それじゃ……行くか」

「はいっ！　行きましょうか！」

そうして俺たちは連れ立って歩き出した。

俺たちの新しい関係において重要な意味を持つ、大切な一日のスタートを。

＊

「わぁ！　見てください心一郎君！　このお魚さんたちとってもカラフルです！」

愛らしいミニマムな熱帯魚だけが泳ぐ水槽を見て、春華は素直な喜びを見せていた。

（良かった……楽しんでくれているみたいだな）

この水族館は人気のデートスポットだけあり、展示もかなり大がかりで工夫を凝らしてある。おかげで春華のはしゃぎっぷりは予想以上だった。

「おお、ペンギンまでいるのか……まあ海の生き物って言えばそうだもんな」

「あ、本当です！　わ、わぁ、よちよち歩いてるのがとっても可愛いです！」

ペンギンは確かに愛らしかったが、ガラスに両手をくっつけて興奮気味に見入る春華こそ可愛いが過ぎた。

すでに館内ではたくさんの生き物を見てきたが……そのたびにこうやって目を輝かせては夢中になってくれるのだから、俺としてもつい頬が緩んでしまう。

「お、こっちは全周囲ビューの部屋とやらがあるらしいな。行ってみるか」

「ええ、どんどん行きましょう！　まだまだ見てない所ばかりですから！」

俺の言葉に春華が上機嫌で応える。

その天真爛漫《てんしんらんまん》な笑顔が向けられるたびに、俺の笑みもまた自然と深まる。

「あの、ところで心一郎君……まさか今朝にお父様と会ったりしてないですよね？　デートのことを話したら、『じゃあ私が迎えに行ってやるか。話したいこともあるしな』なんて冗談を言ってたのを思いだして……」

「ああ、会ったぞ。というか車で俺の家まで迎えに来てくれていて、この場所まで送ってな、何か失礼なことを言ったりしませんでしたか⁉」

「え、えええええ⁉　ま、まさか本当に……！

もらったんだ」

どうやら春華は知らなかったことらしく、相当に驚いていた。

まあ確かに、あの人が娘のデート相手である俺を迎えに行くなんて冗談にしか聞こえなかっただろうが……。

「いや全然。むしろ俺のことを認めてくれて、春華との交際を許してくれた感じだったよ」

「そ、そうなんですか⁉　私が交際のことを伝えた時なんて泡を吹いて気絶してしまって、しかも目が覚めたら何時間も号泣していたので、ちょっと信じがたいですけど……」

夏季崎《かきざき》さんから聞いてはいたが、想像以上の荒れっぷりである。

車の中では比較的穏やかだったが、あれもかなりの葛藤《かっとう》を経て辿《たど》り着《つ》いた精神状態だったんだな……。

「でも、そうなら本当に嬉しいです……もし大好きな人を認めてくれなかったら、きっとお父様相手でも大喧嘩《おおげんか》しちゃうでしょうから」

「……っ」

ごく自然に『大好きな人』と口にする春華に、俺はドギマギしてしまう。

包み隠さないその純粋な好意が、あまりにも胸に染みる。

「っと、この部屋か？　お、これは……」

「わ！　凄《すご》いです……！」

短い階段を上ると、お目当ての『全周囲ビューの部屋』はあった。

まず驚いたのは、視界の全てが青い水と色とりどりの魚たちに覆われていることだった。

ドーム状の大きな水槽の中心部に人が入れるスポットがある作りのようで、まるで自分が海中にいるかのように錯覚してしまう。

人間が立つスペースは小さめのエレベーター程度の広さだが、幸い他の客はいないようで、二人っきりで堪能《たんのう》できそうだ。

「綺麗《きれい》ですね……薄暗い中で水槽だけが光って、なんだか文化祭のプラネタリウムを思い出します」

「ああ、俺にとってはずっと忘れられない思い出だよ。あの時も今と同じく……とにかく楽しかったから」

視界の全てが海になったようなシチュエーションの中で、俺は大切な思い出を口にした。

「ええ、私もです。でもあの時の心が躍るような感じとはちょっと違っていて……ずっと嬉しさが止まらないんです」

多くの魚が優雅に泳ぐ水槽の天井部を一緒に見上げながら、春華は言葉を紡いだ。

「こうやって心一郎君と一緒にお出かけをしていると……私は一番好きな人の恋人にして

もらえたんだって強く思えて、とにかく心がわーっと熱くなってフワフワするんです」

喜びが滲《にじ》む声でそう告げられた俺は、もはや多幸感のあまり脳みそが破裂してしまいそうになる。

こんなことを春華に言ってもらえる日が来るなんて――

「だから、その……つい、こうやって触れたくなってしまうんです」

「おわっ⁉」

不意に、背中に人の体温を感じた。

春華が俺の背後にしがみついており、自らの額を俺の背中に触れさせている――そう理解するのに数秒かかった。

「は、春華……」

「その……お付き合いするのが初めてですから今まで知らなかったんですけど、わ、私って多分普通の人より想いが深いんじゃないかって……」

天然な春華も、流石にこの行為には少なからず気恥ずかしさを感じているようで、声は少し上ずっていた。

「でもこうやって気持ちが盛り上がると、つい心一郎君に触れてみたくなって……ご、ごめんなさい、なんだかはしたないですね私……」

「い、いや、ちょっとびっくりしたけど俺は全然嬉《うれ》しいから！　俺なんかでよければいつでも触ってくれていいから！」

「そ、そうですか……？　そんなことを言ったらすぐベタベタしてしまいますよ？」

（そんなの俺が得するだけだよ……！）

今こうして背中に春華の身体が触れているだけでも、天にも昇る多幸感が俺を包んでいる。伝わってくる少女の柔らかさと体温が官能的すぎる……！

「その、もし心一郎君も、私に触れたいと思ってくれているのなら……」

水槽内のライトだけが光源の薄暗い部屋で、春華は俺の背後から囁《ささや》くように言う。

「いつでも、触れてくれていいんですからね？」

「〜〜〜〜っ」

天使のように清純な声で、小悪魔のような囁きをする恋人に俺は悶絶《もんぜつ》する。

ああ、もう本当に……この天真爛漫な少女には、一生勝てる気がしない……。

＊

「わぁぁぁぁ……！　凄い！　凄いです！　おっきい……！」

「おお……確かにこりゃ凄い……」

水族館のルートを巡ってきた俺たちは、大勢のお客に交じってこの施設最大の目玉である巨大水槽を前にして圧倒されていた。

とにかくデカい。

説明のプレートを見るとどうやら小学校のプール十個以上もの容積があるらしく、シュモクザメ、エイ、ジンベイザメなども多く泳いでいる。

そのとてつもないスケールは、もはや海の断面図を見ているようだ。

「なんだか現実じゃないみたいですね……キラキラして幻想的で……」

大型の水棲《すいせい》生物や小型の魚の群れまでが共存する巨大水槽は、確かにどこかお伽話《とぎばなし》めいているようにも見える。

照明の光量を絞った薄暗い館内で、巨大な水槽は陽光を浴びているように輝いており、水棲生物たちは閉じられた一つの世界を遊泳する。

その様は、スケールの大きさも相まってあまりに神秘的だ。

(確かに現実じゃないみたいだな……春華とこうしているなんて)

今俺の隣には春華がいる。

ずっと恋い焦がれた永遠の宝石であり、自分の未来が失われようとも彼女だけは助けたいと思えた少女だ。

そんな春華が俺の想いを受け入れてくれて、俺のことを好きだと言ってくれる。

気持ちが通じ合ったあの日からどれだけ経っても、夢心地のままだ。

（本当に……春華が好きすぎるよ俺は）

この俺の重たすぎる想いこそが運命に選ばれた要因なのだとしたら、笑いがこみ上げてきそうになる。

だが、それでも——その想いに偽りはない。

俺は春華が、ずっとずっと大好きなのだ。

「しかしなかなか凄いもんだな……数年前にオープンしていたらしいけど、ここまで設備が充実しているとは思ってなかった」

「はい！　以前から水族館というものに一度来てみたかったんですけど……夢が叶《かな》って良かったです！」

「え……もしかして人生初の水族館なのか？」

流石にそれは驚きだった。

普通は子どもの頃に一回は来たことがありそうなもんだが……。

「ええ、お恥ずかしながら……子どもの頃こそこういった施設はたくさん行きたかったんですけど、やっぱりお父様が忙しすぎて」

その頃を思いだしているのか、一瞬遠い目をして春華は苦笑した。

「もちろんお母様や家政婦さんと一緒に行くことはできたんですけど、やっぱり子どもの私としては家族揃《かぞくそろ》って行きたかったので、結局……という感じです」

「そうか……お父さんの会社にとって一番大事な時期だったろうからな……」

春華がイベントや行楽を人一倍喜ぶようになったのも、その辺が理由だろう。

まあそれにしても、あんなにもキラキラした顔で楽しめるのは春華の純粋さのおかげだと思うが。

「だから、今日は本当に楽しいですよ。行きたかったところに、好きになった人と来られて」

ごく自然にそう告げられて、俺の心臓はまたも跳ねる。

「こういう素晴らしい気持ちを……また味わいたいなって思いま――あ……」

春華のしなやかな指に、俺は自分の指を絡ませた。

さっきから胸の中で高まり続けている俺の胸の熱を、少しでも伝えたくて。

「なら……また行こう」

春華の指の感触を感じながら俺は告げる。

「水族館でも動物園でも遊園地でも……春華が行きたいところに」

君が行きたいと願う場所へ、どこへでも。

「俺は春華とこれから色んなところに行ってみたい。色んなものを見て、たくさんの時間を共有したい」

俺という時間を、君の時間に限りなく近しいものにしてほしい。

同じ景色を見て、共に笑い合えるように。

「どうかな。付き合ってくれるか？」

「……はいっ！　行きます行きます……！」

春華は涙に瞳《ひとみ》を潤ませながら、気持ちがこもった声で返す。

今にも、気持ちが溢《あふ》れそうな様子で。

「心一郎君と一緒に……どこにだって行きます！」

俺と手を繋《つな》ぐ恋人は、透き通る水槽の前で喜びの花が咲くような笑みを浮かべる。

これからの未来への希望に満ちた、何よりも貴い少女の心のままの笑顔が——そこにはあった。

＊

「ふうう……かなりガッツリ楽しめたな……」

「ええ！　本当に見応えがありました！　白いクラゲがくるくる回っている水槽はずっと見てられましたし、アシカも動きが想像以上にダイナミックで……！」

「見せ方とかめっちゃ工夫してあったよな。俺的には水族館にしれっとカピバラがいるのが意外で、しかも想像よりデカくてびっくりした」

「あ、私もです！　ぼんやりと猫ちゃんくらいのサイズだと思っていました！」

全ての順路を制覇して水族館を出た俺たちは、館外に広がる臨海公園を歩いていた。

冬も近い季節なだけありもう周囲は夜闇に覆われており、俺たち以外に歩く人はほぼいない。

（楽しかったな……）

水族館の内容もかなり良かったが、やはりこんなにも胸がフワフワした気持ちになっているのは春華が一緒にいてくれたからだ。

ようやく理解したが、世間のカップルがやたらとデートに行きたがるのはこの気持ちのためなのだろう。

一日の時間を丸ごと共有するこの幸せな気持ちは、他の何物にも代えがたい。

（あぁくそ……まだ終わりたくない。まだもう少し一緒にいたい……）

もうそろそろ春華を帰すべき時間なのに、どうしても後ろ髪を引かれてしまう。

今日は朝から一緒にいたのに、俺はまだ春華という存在を摂取し足りないらしい。

「まだ夕方だけど結構暗くなったな……春華は門限は大丈夫か？」

「ええ、親にはメールしましたし、まだ少し時間はあります。その、だから……もし、心一郎君がよければですが……」

「？」

何故か春華は恥ずかしそうに顔を伏せ、もじもじと指をいじる。

一体何をそんなに言いにくそうに——。

「もう少しだけ……一緒にいてもいいですか……？」

「……っ」

子どもが親におねだりをするかのように、春華はあまりにも可愛すぎる上目遣いでそう口にした。

「今日はこれだけ一緒にいたのに……もう少しだけ心一郎君と一緒にいたいって……そう思ってしまっているんです」

思慕の情が滲むように、春華は頰を染めながら心中を吐露する。

そのあまりのいじらしさはまさに反則級であり、一瞬意識が飛びそうになる。

「その、実は俺も……」

春華に先に言わせてしまったことを反省しながら、俺もまた心中を口にする。

「俺も……同じ気持ちだった。春華ともう少しだけ一緒にいたい。今日をまだ終わらせたくないって……そう思ってた」

「心一郎君……」

思いが同じだと知り、春華は嬉しそうに笑みを浮かべた。

夜闇の中にあってなお、その笑顔はとてつもなく眩《まぶ》しい。

「そ、その……そうだな。向こうに展望台があるから、そこまで行ってみるか？」

「は、はい！　もちろん行きます！」

もうデートも終盤だというのに、俺たちはまだ揃《そろ》ってドギマギしていた。

ああ、俺たちは本当にまだビギナーだ。

相手の一挙手一投足に反応してしまうし、ささいなことでつい照れてしまう。

「…………」

「あ……」

俺は少しだけ逡巡《しゅんじゅん》しつつも、隣を歩く春華へそっと腕を出した。

春華は一瞬目を瞬かせていたが……すぐにその意味に気付いたようで頬を赤らめつつおずおずと俺の腕に自分に腕を回してくれた。

腕を組んで歩くと、さっきまでよりもさらに胸がドキドキした。

触れ合っている面積が大きい分、体温のみならず春華の身体の柔らかさまでしっかり伝わってくる。

そして俺たちは、長湯してしまったような顔のまま腕を組んで歩き始める。

今日という日を、もう少しだけ一緒に過ごしたくて。

＊

「昼間なら綺麗《きれい》に海が見えたんだろうけど、今の時間は大したもんは見えないだろうな」

「いいんですよ。暗い時間の海もそれはそれで見てみたいですし！」

臨海公園内にある展望台の階段を、俺たちは雑談しながら上っていた。

もう遅い時間であるせいか俺たち以外に人の気配はなく、微かに遠くの方で潮騒の音がするのみだ。

「それにしても……ふふっ」

「ん？　どうした？」

「あ、いえ……両親に許可は取っているんですけど、こんな夕方まで男の子と二人っきりなんて、急に自分が大人になったみたいに思えたんです」

「ああ、俺も同じことを考えてた。なんか知らない領域に来たみたいな感覚になるよな」

「そうそう！　そうなんです！」

想いが通じ合った人と一緒にいて、心の奥から幸せになる。

確かにそれは、前世において過労死した俺と、破滅を迎えてしまった春華が知らずじまいだった領域だろう。

けれど俺たちは今――揃ってそこを歩いている。

そんなことを考えていると、長い階段もとうとう終わって俺たちは展望台の頂上まで登り切った。

そこに広がっていた風景は――

「おぉ……」

「わぁぁ……！」

夜闇を照らし出すように、地表に星屑《ほしくず》のような数え切れない光が輝いていた。

特に眩《まばゆ》いのは彼方《かなた》に見える都市部であり、今日は雲もなく空気も澄んでいるせいか、その夜景は特に鮮烈に映る。

あまりにも煌びやかな人の営みの光が――そこにはあった。

「凄《すご》いな……やっぱり海の方はあんまり見えないけど、夜景がこんなに綺麗に見えるのは予想外だ」

「ええ、とっても綺麗です……」

俺たちは、しばし彼方の夜景に見入った。

普段あの中で暮らしているはずなのに、こうやって俯瞰《ふかん》してみるとその輝きはあまりにも眩しい。

不意に、冷たい風が俺たちの肩を撫《な》でた。

海に行ったのはついこの間のような気がするのに、季節はもう移ろいつつあるらしい。

「……風も結構冷たくなってきたな。もうそろそろ冬か」

「ええ……もう、そんな季節なんですね」

煌々《こうこう》と輝く夜景に目を向けたままで、春華は感慨深げに言った。

「心一郎君がとても活動的になって私と仲良くしてくれるようになったのが……七ヶ月ほど前の春でしたね」

七ヶ月前——俺がタイムリープしてきた直後のことを口にして、春華は少し遠い彼方を見つめた。

「あの頃から私は毎日がとても濃厚で……とにかく楽しいことばかりでした」

思い出を噛《か》みしめるようにして、春華は続けた。

「お祭り騒ぎだった文化祭に、必死に頑張ったテスト勉強、ウチのクラスが優勝できた球技大会。夏になってからは心一郎君のお家に泊めてもらったり、海で夢のような時間を過ごしたり、ちょっと大人になった気分でアルバイトしたり……」

春華が指折り数える思い出は、そのどれもが俺にとっても宝石の記憶だった。

二周目の人生は絶対に後悔しない——その誓いと共に進んだ軌跡だ。

「その思い出の全部に、心一郎君がいてくれました。私はずっと鈍感で気付いていなかったんですけど……好きな男の子が側にいてくれたから、あの日々は涙が出るくらいに楽しかったんです」

「……春華……」

春華は俺へと振り向き、そっと微笑んだ。

その眩しさは背にしている夜景よりもなお眩しく、どこまでも魅了される。

「今、私はとても幸せです。美月《みつき》さんや舞《まい》さんと毎日他愛《たわい》ない話が出来て、他のクラスの皆とも馴染《なじ》めてきて、こうして心一郎君の恋人になれて……」

今の自分が信じられないという様子で語る春華だったが、不意にその表情に影が差した。

「でも……だからこそ怖くなる時もあるんです」

「怖くなる……？」

「ええ、こんなに楽しい青春も……いつか終わりが来てしまうから」

春華は僅《わず》かに顔を伏せて、ポツリと心中を口にした。

「もう冬が来て、それが終わったら私たちは三年生です。嫌でも色んなことを考えないといけない時期になります。それはもちろん当たり前のことなんですけど、なんだか無性に寂しくなってしまって……」

「ああ、青春っていうのは本当に……期間限定だ」

子どもであることが許されている時間。

大人と子どもの狭間《はざま》にあるのが学生としての青春だ。

そこにいつまでも留まることは、誰にもできない。

「その……これから先、私たちは……」

そこで、春華は何事かを言《い》い淀《よど》んだ。

聞きたいけれど、望む答え以外を聞くのが怖いのだと言うように。

「いえ……心一郎君はこれからどんな大人になりたいですか？」

明らかに本当に聞きたいことを隠した様子だったが……俺はさしあたりその問いについて真面目に答える。

「……そうだな、やっぱりちゃんとした大人になりたいかな。しっかりしたところに就職して、人間らしい喜びのために生きる。地味かもしれないけど、俺が欲しいものはやっぱりそれだよ」

ちゃんとした勤め先を見つけて、人間的に健やかな日々を送れるようになること。

それは、俺が二周目人生をスタートするにあたって決めた大前提の一つだった。

「いいえ、地味なんかじゃありませんよ」

多くの人にとって何の面白みも感じないであろう俺の将来設計を、春華は優しく肯定してくれた。

「他のどんな夢にも負けないキラキラとした素敵な未来です。本当に……心からそう思います」

夜闇の中で輝く春華の笑みは、ごく純粋で素直な気持ちだけが表れていた。

その願いが本当に綺麗なものであると、心の奥から思ってくれていた。

「ありがとな春華。でもさ、俺の願いはそれだけじゃないんだ」

「え……？」

海風がそよぎ、俺たちの肩を撫でていく。

夜闇の中で聞こえてくるのは、彼方からの波音と小さな虫の声のみだった。

「春華の言う通り……青春はずっと続かない。楽しいからこそ時間はあっという間に過ぎて、俺たちは嫌でも大人になる」

それが寂しいのは俺も同じだ。

この宝石のような日々が、俺にとって欠けるものがない黄金の時間が永遠に続けばいいとすら思う。

だけど、それは叶《かな》わないし叶えちゃだめだ。

回り道をしてもいいし休んでもいい、時にはやり直すのもいいだろう。

けれど最終的には——どうあっても人は前へと進まなければいけない。

「これから俺たちの外も内もどんどん変わっていく。けど、それは悪いことばかりじゃない。進んでいくことで得られるものも、確かにあると思う」

時が経つのは恐ろしい。

未来が必ずしも輝かしいものでないことは、俺が骨身に染みて知っている。

だからこそ俺たちは、より良い未来に手を伸ばし続けないといけない。

「さっき言った通り、俺はちゃんとした道を歩いて幸せになりたい。自分の人生は間違いなく幸せなんだって、胸を張って言えるように。だから、その……」

俺の顔を見つめて聞き入っている春華へ、俺は言い淀みながらもさらにその先の言葉を紡ぐ。

かなり先走りすぎな話だけど、そういう気持ちだと知っていてほしいから。

「これから青春が終わって高校を卒業して大人になって……その時でもまだ春華が俺に愛想を尽かさずに隣を歩いてくれていたら、俺がちゃんと春華を支えられる男になれていたら――」

その先を言うために必要な勇気は、俺のこれまでの軌跡が与えてくれた。

俺はもう、ただ悲嘆と後悔に塗《まみ》れていただけの男じゃない。

陰キャだった俺の青春リベンジは――単に俺の後悔を晴らすだけでなく、未来へと進むための成長の道行きでもあったのだから。

「その時は、春華の未来が欲しい。俺が望む、人生最高の幸せのために」

「――――!!」

俺の想いそのままの言葉に、春華は口に手を当てて驚きに目を見開いた。

そのまま十数秒もの間、衝撃を受け止めきれないように硬直し――

「……っ……その、時は……」

昂ぶる感情を御しきれない様子で。

声を震わせながら、春華が口を開く。

「私を、幸せにしてくれますか……？」

春華の頬を、一条の涙が伝う。

その何よりも尊い雫《しずく》は、月明かりを受けて輝いていた。

「ああ、約束する」

それは俺にとって当然の誓いだった。

最も大切な女の子を幸せにすることこそが、俺自身の幸福でもあるのだから。

「俺は自分でもびっくりするくらいに、春華が大好きだから」

「しん、いちろうくん……あっ……」

春華はさらにボロボロと涙を零し、頬を濡《ぬ》らしていく。

そんな彼女があまりにも愛おしくて、その全身を包むように抱き締めた。

春華の身体の柔らかさを全身で感じて、その甘い匂いに頭が蕩《とろ》けそうになる。

ただそれだけで気を失ってしまいそうなほどに、彼女のことが好きだった。

「すき、好きです……！」

春華は自分の想いの丈を伝えようとするかのように、俺の背に手を回してぎゅっと力を
込めた。

「私も大好きです心一郎君……！　だから……！」

お互いが求め合って、俺たちは深く結ばれる。

「だから……ずっとそばにいさせてください……！」

そして——俺たちの上気した顔はいつの間にかごく近くにあった。

お互いの息がかかってしまいそうな距離で、春華は期待するようにそっと目を閉じた。

阻むものは、もう何もない。

「ん———」

桜色の唇に想いを込めて口付けをする。

想いが衝《つ》き動かす熱のままに、お互いの情熱を一つに合わせるように。

今俺が求めるもの全てが——俺と春華の交わりによって生じる温かいものが、俺の内を余すことなく満たしていた。

——ああ、誓うよ春華。

俺はずっと君のそばにいる。

現実は常に薄氷を踏むかのようで、辛いことも悲しいことも山のようにある。

未来は往々にして希望だけでなく、絶望をも多く振《ふ》り撒《ま》く。

けどこれからどんな困難があろうとも、どんな運命が待っていても——俺はその全てを乗り越えてみせる。

春華を想い続けて、ただひたすらに前へと歩き続ける。

たとえ時を遡《さかのぼ》ろうとも——君を幸せにするために。

▶エピローグ◀　病める時も健やかなる時も

子どもの頃、俺は無垢《むく》に信じていた。

大人になればごく自然に誰かと恋人になり、結婚して家庭を築くのだと。

世間一般で語られるそんな『普通』が本当は極めてエリートな道であり、俺みたいな奴の手からは遠いところにあると気付いたのは、前世の二十代半ばだっただろうか。

コミュ力やルックスなどの問題ではなく……自分の人生を切り拓く意思が貧弱すぎる俺が誰かに愛されるなんて、『普通』どころか夢物語でしかなかったのだ。

（そのはずだったんだけどなぁ……）

今世にタイムリープしてきて早七年——二十三歳になる俺は、もはや記憶が霞《かす》みつつある前世を追憶し、自分の格好を見下ろした。

落ち着いた紺色の煌びやかなタキシード。

ドラマや映画でしか見たことがない代物だが、今日ばかりはこれ以上に相応《ふさわ》しい衣装はないだろう。

何せ、今日は俺の結婚式なのだから。

（それにしても……本当に凄《すご》い式場だなここ……）

紫条院《しじょういん》家の希望で決まったこの結婚式場は、あまりにも豪華だった。

芸能人や財界人までもが利用するプレミアムな会場であるらしく、壁や床の材質からして輝いているし、庭園には草花が見事に彩っており楽園のような雰囲気を醸し出している。式場というより、もはや宮殿か何かにしか見えない。

「やっほー兄貴！　緊張してるー？」

「香奈子《かなこ》……」

新郎控え室に入ってきたのは、落ち着いた色のドレスを着た妹の香奈子だった。

十代の頃から可愛い顔立ちをしていたこいつは、大学三年生である今や立派な美女となって男からモテまくっている。

とはいえ、俺に対するノリは中学生の頃とさほど変わっていないが。

「いやーしかし、兄貴がそんなものを着る日が来るなんて、昔を知る身としては感無量だよホント！　ママなんて今日はことあるごとに涙ぐんでるしさ！」

「ああ、母さんとはさっきも話したけど、やっぱりまた泣いちゃってたな。今は涙で崩れちゃった化粧を直しに行ってるよ」

母さんは俺たち兄妹《きょうだい》をずっと女手一つで育ててきた分、俺の結婚に対して感激もひとしおなのだろう。その涙の全てが俺への愛情の表れだと思うと、実は俺もちょっと泣いてしまった。

「で、どう兄貴？　念願だった春華《はるか》ちゃんとの結婚式直前の感想は？」

まるで中学生に戻ったように、香奈子はニマニマしながらそんなことを聞いてきた。

「そうだな……嬉《うれ》しすぎるのはもちろんなんだけど、ちょっと現実感がないな。俺と春華がこれから結婚式を挙げるなんて……」

「えぇ……？　今更なに言ってんの。高校から今までずーっと付き合って常に超ラブラブで、大学時代なんてもうほとんど一緒に住んでたようなものだったでしょ」

「まあ、そうなんだけどさ。いざ本番を迎えてこんな格好になったら、本当に春華と結婚できるんだって実感が湧いてきて……あんまりにも幸せだから逆に夢みたいな心地になっちゃうんだよ」

春華と結ばれるべく恋愛道を全力疾走してきた俺なのだが、最初にスタートした時のゴールが遥か彼方《かなた》にあったため、いよいよゴールイン直前になると『え……本当に辿《たど》りついたのか？　マジで？』みたいな感じになっているのだ。

「ま、確かに昔の根暗な兄貴からすれば信じられないことだもんね。奴隷がお姫様と結婚する中世ファンタジーの方がまだ現実味あるって」

「おいぃ!?　結婚式の日に兄をディスんなよ!?」

春華はガチで現代のお姫様だし、たとえとしてはあながち間違ってないけどさぁ！

「でも、夢じゃないって。ずっと兄貴を見てた私が保証してあげる」

言って香奈子は、朗らかに笑った。

「だって兄貴はめっちゃ頑張ったじゃん。本当に好きな人のために、大人しかった自分を変えてまでさ」

「香奈子……」

「だからさ、今日この日を迎えられたのは当然だって、どっしり構えていればいいんだよ！　春華ちゃんだって兄貴に超ベタ惚《ぼ》れなんだしさ！」

俺の肩をバシバシと叩《たた》いて笑う香奈子の笑顔に、少なからず緊張がほぐされていく。

まったく……こいつに『恋愛相談の相手になってあげる！』と言われたのはもう七年前だが、最後の最後まで発破をかけてくれるとはな。

「さて、そろそろ時間だよ。兄貴、本当に——おめでとう」

優しい笑顔で祝いの言葉を述べる香奈子の顔は、喜びが滲《にじ》み出《で》ていた。

こんな兄貴の結婚が、嬉しくて仕方ないというように。

「ああ、ありがとうな香奈子。それじゃ……行ってくるとするよ」

そうして、妹に後押しされるようにして俺は向かうべき場所へ足を向けた。

今日という日に、俺の新しい未来を摑《つか》むために。

＊

子どもの頃、花嫁さんに憧《あこが》れた。

たしか、親戚《しんせき》の結婚式だったと思う。純白のウェディングドレスを着て幸せそうに笑うお嫁さんを見て、その輝きに心を奪われた。

夢のように華やかな式に、多くの人からの祝福、そして何より花嫁さんの笑顔があまりにも幸せそうで、『いつか私もお嫁さんになりたいです！』と無邪気に言った。

けれど、成長するにつれて私はそんな憧れを思い出すどころか、恋愛の意識すら薄くなっていった。

これは私の性格がとてもお子様だったこともあるけれど、今思えば自分への自信のなさが知らず知らずの内に恋愛意識にも影響していたのかもしれない。

けれど今日——恋に疎い女の子だった私は、人生で初めて恋した人と結婚する。

かつて憧れたように、幸せな輝きをこの胸に宿して。

「ああ、本当に綺麗《きれい》よ春華……こんな素晴らしい花嫁さんは見たことないわ」

「もう、お母様ったら褒め過ぎです。でも……このドレスは本当に素晴らしいですね」

場所は新婦の控え室。

ウェディングドレスに身を包んだ私を見て、お母様は心から嬉しそうな笑みを浮かべた。

私の結婚が決まると、お母様とお父様はとても張り切って会場や衣装の手配をしてくれた。特にこのウェディングドレスはデザインからオーダーメイドしてもらった特注品で、そのあまりに美しい出来映えには私も圧倒されてしまった。

「うんうん、衣装もお化粧も完璧《かんぺき》よ。ふふ、それにしても……あの時ウチに遊びにきた男の子とあなたが結婚するかと思うと、なんだかとても感慨深いわ」

「あはは、お母様は最初から心一郎《しんいちろう》君のことを気に入っていましたね」

そばに付いてくれているお母様がかつてを懐かしむように言い、私もつい昔を思い出してしまう。

あれからもう七年が経った。

長い年月だったはずなのに、私としては本当にあっという間だった。

心一郎君と過ごした日々は本当に輝いていて……ただ幸せだけがあったから。

「ええ、貴方《あなた》たちが結婚する日を本当に待ち焦がれたわ！　そんなわけで今日の撮影はとっても気合いを入れているから、春華もしっかり笑顔を作りなさい！　プロカメラマンを二十人ほど連れてきたし、後でデラックスなアルバムとプロモーションビデオみたいな動画も作ってあげる！」

「え、ええ⁉　そ、そんな用意までしていたんですか⁉」

お母様がこの日を凄く楽しみにしていたのは知っていたけれど、想像以上の気合いの入り方だった。

「うぐ、すびっ……うおおおおおおぉぉぉ……！　は、春華ぁぁぁ……！」

そして……そんなウキウキのお母様の隣では、未だに感極まっているお父様がいた。

「もうお父様……もうそろそろ泣き止んでください」

「そうよ時宗《ときむね》さん。その調子じゃ式の本番で目が真っ赤よ？」

お父様はさっきからずっとこの調子だった。

なんでもお母様には『今日は春華を見送るまで絶対泣かないぞ！』と誓っていたそうなのだけど、この控え室で私のウェディングドレスを見ると、たちまちの内に涙を溢《あふ》れさせてしまった。

「……ふ、ぐぅ……いや、すまん。幼い頃は『将来はお父様と結婚するー！』などと言ってた春華が今日嫁に行ってしまうかと思うと、どうしても涙腺《るいせん》が緩んでな……」

お父様は今日だけではなく、私の結婚が決まってからことあるごとによく涙を流していた。心一郎君が実家に挨拶《あいさつ》に来た時も泣いて、式場選びの時も泣いて、昨日に家族《かぞく》揃《そろ》って最後の食事をした時も泣いていた。

ちょっと困ってしまうけれど、それだけ私のことを愛してくれているのだと実感できて、やはりこの両親のもとに生まれてきてよかったと、心から思う。

「ふぅ……だが勘違いするなよ春華。確かに寂しさからの涙もあるが、喜びの涙の方が遥《はる》かに多い。あいつは……信頼できる男だ。今となっては、よくあんな男を見つけてきたものだとさえ思うさ」

「ええそうね。初対面の時、時宗さんの圧迫面接で彼が心折れなくて本当に良かったわ」

「ええい、いい加減にそれを言うのはやめろ。もう七年前の話だぞ」

高校時代は心一郎君に対して当たりが強かったお父様だけど、今となってはもの凄く仲がいい。先日なんて、『あいつが私の義理の息子になぁ』などと呟《つぶや》いてまんざらでもない顔をしていたのを、私とお母様は知っている。

「私は幸せだよ春華。こんなにも安心した気持ちでこの日を迎えられるんだからな」

「ええ、本当にそうね。貴女が幸せになることに少しの疑いもない……そう思える人をよく連れてきてくれたわ」

「お父様……お母様……」

微かな寂しさと大きな喜びを湛《たた》えて、両親は私に微笑んでくれた。

なかなか学校生活が上手くいかない私を、ずっと見守ってくれた両親。

いついかなる時も、私の味方になってくれたお父様とお母様。

自分がどれだけ途方もない愛情に包まれてきたのかを改めて知った私は、頬に熱い滴を伝わせて純白のドレスに零した。

（幸せ者ですね……私は……）

胸をいっぱいにしながら、私は自分がいかに恵まれているかを改めて認識する。

その一方で――ふと頭によぎるものがあった。

（……もし、私が満たされないまま大人になっていたら……）

この両親の愛情すらも……目を曇らせて見えなくなっていたかもしれない。

そんなことを考えてしまうのは、高校時代に患った謎の奇病のせいだった。

あの時心を失っていた私は、未だ記憶に残るほど奇妙な夢を見た。

青春時代を灰色のまま過ごした未来の私が、何者かになりたい一心で頑なな大人になり破滅の淵に沈んでしまう――そんな夢を。

今となっては朧気《おぼろげ》な部分も多いけれど……夢の中に出てきた大人の私はあまりにも生々しく、あの夢を一つの現実なのだと思い込みそうになったことを憶えている。

（あの夢に出てきた『私』の悲しみや苦しみは……私の中にもずっとありました）

そもそも、少女時代の私は上手く人と付き合えずにいた。

誰かと絆《きずな》を深める青春を送りたかったのにずっと実現できないままで、心の奥底にはいつも寂しさが降り積もっていた。

ほんの僅《わず》かな輝きすら手に入れられない自分に、少なからず失望していた。

（けれど――）

そんなくすみかけていた私の青春は、一人の男の子によって澄み渡る青空のように晴れ渡っていった。

心一郎君。私の世界で一番大切な人。

私の全てを満たしてくれた人。

彼と絆を結んでいくほど私の心は満たされていき、とりまく景色は輝きを増していった。

愛しくて愛しくて、いつも彼のことを考えると心が熱を帯びる。

今日、とうとう彼のお嫁さんになるのだと思うと……まるで付き合いたての頃のように頬が紅潮してしまう。

(ああ、本当に――幸せです)

これまでの軌跡と彼と想い合えた奇跡に、私はただ感謝した。

恋が一つの形に昇華するこの日に、大事な人と結ばれる喜びに胸をいっぱいにして。

＊

結婚式をいかなる形式にするか――俺は特にこだわりがなかったので紫条院家にお任せしたところ、神前式にするかチャペル式にするかで紫条院ファミリーにおいてバトルがあったらしい。

『大和撫子《やまとなでしこ》の春華には白無垢《しろむく》が似合うだろぉ⁉』

『それも確かに捨てがたいけど、やっぱり女の子はチャペル式に憧れるものよっ！』

という推し論争みたいなご両親の争いは、

『あの私……やっぱりウェディングドレスを着てみたいです……』

という春華の意見で決着が付き、白無垢派である時宗さんはうなだれ、ドレス派である秋子《あきこ》さんは勝利のガッツポーズを取ったそうな。

そんな訳で俺も春華も無信仰ながら、俺たちの式はチャペル式に決まったのだが——

(流石紫条院家の手配した式場だよな。なんかもう、凄《すご》い)

チャペル内の聖壇前に立つ俺は、この場の神々しさに圧倒されっぱなしだった。

クラシックな造りは神聖な雰囲気を形作っており、なおかつ大聖堂であるかのような荘厳さもある。高い天井の付近に彩られたステンドグラスが陽光で輝く様も幻想的だ。

(俺……本当に今から結婚式を挙げるんだな……)

花婿である俺は今、聖壇前で花嫁の入場を待っている状態である。

その短くも手持《ても》ち無沙汰《ぶさた》になる時間に、自分がこんな映画みたいな光景の真ん中にいていいのだろうかと、元陰キャらしいことを考えてしまう。

振り返れば、チャペル内の参列者席にはたくさんの人がいる。

母さんや香奈子はもちろんのこと、すっかり立派な大人になった銀次《ぎんじ》、風見原《かざみはら》、筆橋《ふではし》の三人もにんまりとした笑顔で見守ってくれている。

紫条院家の親族も多く、春華の祖父にあたる紫条院家当主も出席している。

この人とは春華との婚約を報告しに行った時に一悶着《ひともんちゃく》あったが……今では俺を見て口元に笑みを浮かべてくれている。

春華の家に勤めている人たちも今日は全員出席してくれているようで、夏季崎《かきざき》さんは感無量といった様子で目を閉じており、春華の姉のような存在だった冬泉《ふゆいずみ》さんなどは、さきほどから何度も涙をハンカチで拭《ぬぐ》っている。

（眩《まぶ》しいな……何もかも）

今日この空間には善いものだけが満ちている。

この場に集まった人たちの溢れんばかりの祝福、そして俺と春華の積み上げてきた時間と想いが今結実して、この場を形作っている。

結婚とは単なる社会上の結びつきではなく、お互いが築いてきた人生とこれから築く人生、その双方を結び合わせる神聖なことなのだと――そう思えた。

そんなふうに、俺が緊張しつつもその場の雰囲気に浸っていると――

不意に、荘厳な曲がチャペル内に流れ――客席から割れんばかりの拍手が鳴り響いた。

（あ……）

チャペルの入り口に、春華は立っていた。

身を包むウェディングドレスは眩しいばかりの純白であり、大きく広がるスカートが歩みに合わせて微かに揺れていた。

衣装の出来映えには感嘆する他なく、素人目で見てもそれが最高の一着であることはすぐにわかる。刺繍《ししゅう》や装飾の細部に至るまで、何もかもが宝石のように輝いている。

そして、その最高の衣装に袖《そで》を通しているのもまた、世界最高の美人だった。

天使の光沢を湛える髪に、黄金比のようなプロポーション、乳白色の肌――どこをとっても女神のように美しく、参列者たちもあまりの美麗さに言葉を失っている。

セレモニーが始まり、母親である秋子さんが花嫁が被っているヴェールを下ろしていく。

花嫁を守る魔除けである薄布をかけるのは、母が娘にする最後の身支度だ。

その大切なひとときに秋子さんは満面の笑みで祝福し、春華は母親の愛情に目を潤ませていた。

そして、春華は父親である時宗さんと腕を組み、ゆっくりとこちらへ歩き出す。

花嫁の過去と現在、そして未来を意味するというバージンロードを通って。

その光景を見て俺の脳裏に溢れたのは、これまでの軌跡だった。

後悔に塗れた前世、青春リベンジを誓ったあの日、春華と一緒に積み上げてきたいくつもの時間と、育んだお互いの想い。

苦悶《くもん》の記憶もある。喜びの記憶もある。けれどその全てを積み上げてここに至ったのだと思えて、胸にこみあげるものがあった。

そうして、春華はとうとう俺の隣へ行き着く。

春華を送り届けた時宗さんは一瞬寂しそうな表情を見せたかと思うと、席へと戻る途中に俺へと視線を送って口の端を緩めた。

よろしく頼むと、そう言われたような気がした。

「春華……」

間近で見ると春華の花嫁姿はもはや目が眩《くら》むほどであり、これ以上に美しい女性はこの世にいないのではないかと、本気で思えた。

「心一郎君……」

春華はヴェールの薄布の向こうで、瞳《ひとみ》を潤ませていた。

微かに頬が紅潮しており、夢見るような表情で俺を見ていた。

うぬぼれでなければ、今この時を噛《か》みしめて気持ちが溢れてしまっているのだろう。

まさに今、俺が綺麗《きれい》すぎる春華に見惚《みと》れてしまっているように。

「新郎、新浜《にいはま》心一郎」

お互いを見つめ合っていた俺たちは、聖壇の向こうにいる牧師さんの声でハッと現実に引き戻される。

い、いかん……大事な式の最中なのにぼーっとしていた……。

「貴方《あなた》は紫条院春華を妻とし、病める時も健やかなる時も、夫として愛し、敬い、慈しむ事を誓いますか？」

「はい——誓います」

人生の願いとも言えた契りを結ぶべく、俺はその言葉を口にする。

それは誓うまでもなく、俺という男が心の奥底から願っていることだった。

彼女が愛おしくて、彼女を支えたくて、ずっとずっとそばにいたい。

喜びも苦しみも、全てひっくるめて俺は春華と同じ道を歩みたいのだ。

「新婦、紫条院春華。貴女は新浜心一郎を夫とし、病める時も健やかなる時も、妻として愛し、敬い、慈しむ事を誓いますか？」

「はい……誓いますっ」

牧師さんからの問いかけに、春華は目元を赤くして力強く応えた。

胸の内に溢《あふ》れる感情を、そのまま誓いとしたように。

そして——牧師さんから促され、俺たちは聖壇にある二つの指輪を注視した。

小さなクッションの上に置かれた結婚指輪。

花婿と花嫁の誓いを現実に宿らせるための尊いものを、俺はゆっくりと手に取った。

春華のウェディンググローブ——無垢《むく》を象徴するというそれを外し、シルクのように艶《つや》やかな手を取る。

そうして――春華の左手の薬指には、俺の手により小さな輝きが通された。

「……あぁ……」

春華は自らの指に輝く指輪を陶酔した様子で眺めて、喜びを抑えきれないかのような様子で僅かに声を漏らす。

俺と彼女をこれ以上ない縁で結ぶ証を、満ち足りた微笑みで迎えてくれていた。

そして……春華もまた手を伸ばして、俺の指へと誓いの証を通してくれた。

春華と同じように、俺もまた自分の指で輝くリングを夢見るような面持ちで眺めてしまう。それはただの指輪ではなく、俺と春華の間にあるものを確かに証明してくれるのだと思えて、ともすれば涙を零しそうだった。

そして――

「春華……」

「はい……」

俺は春華へと手を伸ばし、彼女の顔を覆っているヴェールを上げる。

（ああ、綺麗だ……）

この式が始まって初めて完全に素顔を晒《さら》した春華に、俺はまたしても目を奪われる。

俺はずっと春華を見てきた。高校生で春華と絆を結ぶようになってから、この愛しい女の子の隣をずっと歩いてきた。

それなのに、今もまた俺は春華に見惚れていた。

綺麗で天真爛漫《てんしんらんまん》で、天使すぎる俺の想い人。

彼女が今俺の隣でウェディングドレスに身を包んでいるという事実に、俺の細胞の一つ一つが喜びに打ち震えていた。

そして春華もまた、俺を見ていた。

感極まったように頬を紅潮させており、夢見るような瞳を俺へ向けている。

この瞬間が、想いを焦がした切望の果てであるかのように。

その瞳には薄らと涙を湛《たた》えながら、自らの全てが報われたような喜びが溢れていた。

もう俺たちを遮るものは……何もなかった。

「ん――」

俺と春華は万感の想いを込めて、キスを交わした。

これまでの思い出、今この時の想い、これからの祈り、いかなる時も変わらない気持ち。

そういった万感の想いを、愛する人に注ぎ合う。

参列者席から万雷の拍手が降り注ぐ中で――お互いへと誓いながら俺たちは唇の熱を感じ合った。

＊

「はは……なんか、照れくさいな」

「ええ、式が終わるとちょっと照れますね。でも……やっぱり嬉《うれ》しいです」

チャペル内で、俺と春華はお互いに頬を染めながらお互いの感想を口にした。

式の次第はほぼ終了し、大勢の参列者たちは現在チャペルの外に出てフラワーシャワーの準備をしている。

それが終わるまでの間、俺たちはチャペルの閉じられたドア前で待っている状況である。

「あ、そういえば風見原さんと筆橋さんが、ブーケトスをどっちが受け取るか勝負しているって言ってたな」

「え⁉　そ、そうなんですか⁉　ど、どうしましょう。実は冬泉さんも凄く欲しそうにしていましたし、どこに投げたらいいのか……」

「うーん、もう公平に真っ正面へ投げるしかないんじゃないか」

「そ、そうします！　流石にこればっかりは責任負えません！」

いつものように談笑して、俺たちはクスリと笑った。

こんな格式の高い式場で盛大な結婚式をやったばかりなのに、こんなふうにいつものノリで話している自分たちがなんとも可笑《おか》しい。

「結婚したんだな……俺たち」

「はい……結婚しました」

煌《きら》めく衣装を身にまとった俺たちは、感慨深くその事実を嚙みしめる。

俺と春華は、今はもう夫と妻なのだ。

そう思うだけで、胸の中が言い表せない喜びでいっぱいになる。

「……憶えていますか？　私たちが初デートした時のこと」

「ああ、臨海公園に行った時のことだろ？　もちろん覚えているさ」

懐かしむように言う春華に、俺もまた七年前のことを思い出す。

付き合いたてで、ドキドキしまくった初デートのことを。

「あの時心一郎君は……私の未来が欲しいと言ってくれましたね」

「お、おう……確かに言ったな」

そう、その初デートの最後に、俺は大真面目な顔でこう言ったのだ。

『その時は、春華の未来が欲しい。俺が望む、人生最高の幸せのために』

「今思い返せば、俺ってば高校生の分際でもの凄《すご》く重たいこと言ったよなぁ……よく春華に引かれなかったなってあの後何度も思ったよ」

初デートでプロポーズじみたことをするとか、我ながら恥ずかしい奴である。

あの時は未来に生きる大人春華の悲哀を目の当たりにした直後だったせいもあり、ついつい言葉に熱が入ってしまったのだ。

「いいえ、悪く思うどころか、あの言葉は本当に嬉しかったですよ。あの初デートの夜は、赤くなったりジタバタしたりで、なかなか寝付けなかったのを憶えています」

「そ、そうだったのか？」

俺の想像以上にあの時の言葉を喜んでくれたのだと七年経って知り、ちょっと気恥ずかしくなる。

「あの時の約束も……守ってくれましたね。私を、幸せにしてくれるっていう」

「いやいや、まだスタートラインだって。春華を幸せにするのはこれからだよ」

もし春華の未来を貰《もら》い受《う》けたのであれば、俺は春華を幸せにする――

その約束を果たせるのは、ようやくこれからである。

俺が一生かけて果たしていくべき、何よりも大切な約束だ。

「いいえ、もうその約束は叶《かな》っていますよ」

「え……？」

春華は煌めくウェディングドレス姿のまま、そっと俺に身を寄せた。

「高校生の時に付き合いだして……あまりにも幸せすぎて私は怖くなりました。心一郎君のことを考えるだけで嬉しさが溢れそうなくらいなのに、こんなにも煌めく毎日がなくなってしまったらどうしようって」

チャペルの高い天井を見上げて、春華はかつての不安を口にした。

「でも、心一郎君はそんな私に、未来に向けた約束をくれました。ずっと一緒にいてくれると、確かな言葉にしてくれたんです」

もうかなり昔と言えるその日のことを、春華は大切な宝物のように静かに語る。

「あの約束を胸に、あれからずっと心一郎君と過ごしてきました。そして、その日々はその全てが優しくて温かくて……いつも喜びしかなかったです」

「春華……」

どんなお姫様でも霞《かす》むような美しさに彩られた春華は、これまでの日々への想いを口にした。俺との未来を、彼女もまたずっと胸に抱いてくれていたのだと。

「私がこれからずっと幸せなのは、もう決まっています。今日この日まで、私の日々がずっと輝いていたのと同じように」

これからの道行きに何の不安もないと、春華は言う。

それはこれまでの軌跡の全てが、証明してくれているからだと。

「だって──心一郎君のそばにいることが、私の幸せなんですから！」

そうして春華は、大輪の花が咲くような満面の笑みを浮かべた。

それはどこまでも無垢で朗らかで、彼女の天真爛漫な心を表すように澄み切っていた。

俺の男心をいつだって撃ち抜いてしまう、青空のような笑顔がそこにあった。

「――――」

かつて――俺の主観時間としてはかなり昔、前世における高校時代の図書室にて、俺たちは初めてまともに話をした。

その時は彼女の天真爛漫さに大きく胸を揺さぶられ、自身の内に春風が吹いたように恋に落ちてしまったが――今もまた同じだった。

俺の花嫁は世界一可愛いのだと、全ての人類へ叫びたかった。

「ああ、もう！　春華……！」

「え？　え？　わわ、一体どう――んっ」

俺は気持ちの昂ぶりのままに、春華を抱き寄せてキスをする。

本日二回目となる唇の感触に、さらに気持ちが熱くなる。

「も、もう……心一郎君ったら……」

純白の衣装に身を包んだ春華が頬を赤らめてくれるが、それがもう本当に可愛い。

と、そんな感じでジャレあっていると――

「兄貴ー！　春華ちゃーん！　もう準備万端だからそろそろドア開けるよー！」

チャペルの外から香奈子のご機嫌な声が響き、スタッフがチャペルの重厚な扉を重々しい音とともに開いた。

そうして、外からの光を浴びた俺と春華は見た。

雲一つない空の下、大勢の人が待ってくれていた。

母さん、香奈子、時宗さん、秋子さん、夏季崎さん、冬泉さん、銀次、風見原、筆橋、その他にも、実に大勢の人たちが。

この場に集った人たちは、誰もが心から笑みを浮かべてくれていた。

太陽の下で、たくさんの歓声が溢《あふ》れていた。

皆は俺たちの登場を盛大な拍手で迎え、沸き立っていた。

参列者たちは手に持ったフラワーシャワーの花弁を蒼穹《そうきゅう》に投げ、色とりどりのそれは空中を舞って空間を彩る。

皆からの心からの祝福が、ここにはあった。

「よおおおおし！」

「え……ひゃあ⁉」

俺は春華の後ろに回り、脚と背に手を添えて——そのまま一気に持ち上げた。

いわゆるお姫様抱っこだ。

これには参列者もさらに大きな歓声を上げ、カメラの撮影音が幾重にも重なった。

「問題ないか春華？　しっかりつかまっていろよ！」

「し、心一郎君⁉　その、ウェディングで抱っこは昔から憧《あこが》れていて、とっても嬉しいんですけど……重くないですか!?」

「ああ、大丈夫だ！　伊達《だて》に高校生の頃から筋トレしてないさ！」

今世ではうっかり死んでしまわないように勉強だけじゃなくて、身体もめっちゃ鍛えて健康にも気を遣っているからな！

「それじゃ行くぞ春華！」

春華を全身で感じながら、俺は溢れる喜びを隠さずに叫んだ。

世界で一番大切なものがこの腕にある幸福に、胸をいっぱいにして。

「これからも……ずっと一緒に！」

「はい……っ、はい！　行きましょう！」

俺に抱えられた春華は、花咲くような最高の笑顔のままで涙を溢れさせていた。

心の奥底から湧き上がる喜びが、そのまま熱い雫《しずく》となったように。

「二人で一緒に……未来の先まで！」

そうして、俺たちは新しい道へと踏み出した。

過去を積み上げて辿《たど》り着《つ》いた現在、そしてさらにその先の未来を目指して。

光射す道を——二人で一緒に。

完

あとがき

■ご挨拶《あいさつ》&七巻出ます!

作者の慶野《けいの》です。

陰リベ六巻のお買い上げまことにありがとうございます!

最重要な点をまず述べます。

この六巻は完結巻ではありますが、実はおまけの七巻が出ます。内容としては単行本に収録されていない短編集と書き下ろし番外編になりそうです。

現時点では心一郎《しんいちろう》と春華《はるか》の半同棲《はんどうせい》大学生活などを描く予定なのでお楽しみに。

WEB版を読んでいた方は、「あれ? 最終巻なのにあのシーンがない?」と思われたでしょうが、それもこの七巻に収録予定です。

電子書籍版オンリーでの発売になるかもしれませんが、どうかよろしくお願いします!

■祝! 陰リベ完結!

『陰キャだった俺の青春リベンジ』本編はこれにて完結です!

とうとう最後まで走りきることが出来ましたあああああああ!

いやもう、本当に感無量です。

ラノベ作家になって怖ろしいことに十三年ほど経ちますが、打ち切りになることなくシリーズを完結させたのはこれが初めての経験なのです。

思えば陰リベは多くの初めてをくれました。

初めてのＷＥＢ連載。初めてのカクヨムＷＥＢ小説コンテスト大賞受賞。

初めての重版。初めての四巻の壁突破。

初めてのコミカライズ。

私の作家歴において、大いなるものを刻んでくれました。一言で言えば、足を向けて寝られないという奴ですね。

■最終章の内容について

陰リベ最終章であるこの巻について、ＷＥＢ版未読の方は展開に驚いたのではないでしょうか。

作者自身このプロットを採用するかはかなり迷いましたが、最終的に心一郎と春華の物語の『全て』を語りきるにはこれしかないと決断しました。

最終的に自分でも納得のいく話となり、個人的にはとても満足です。

いやまあ、実際に書く時は本当に難航したのですが……。

■心一郎と春華について

この二人はほぼ考えないで生まれてきたキャラでありながら、とてもよく動いてくれました。特にこの六巻において心一郎は最初から最後まで春華のことしか考えておらず、作者もビビるほどの純愛戦士っぷりでした。愛が重すぎだろお前。

春華はおっとりしたお嬢様という現代ヒロインのメインストリームから外れたキャラ造形で、よく読者の支持を得られたなと驚きました。

この子も作中でとても成長したので、第二の主人公と言っていいでしょう。

■感謝

WEB版の読者様たちも、書籍版の読者様たちも、今までご愛読頂き本当にありがとうございました。読者の買い支えで打ち切りを回避したラノべはほぼ例がないらしく、完結まで至ったのは比喩《ひゆ》でもなんでもなく本当に皆様のおかげなのです。

ただただ、伏して感謝するばかりです。

さて謝辞です。

スニーカー文庫担当編集の兄部様、受賞の時からずっと助けて頂き感謝に堪えません。おかげで完結まで歩き続けることができました。

イラストレーターのたん旦《たん》様、毎巻最高のイラストを描いて頂きありがとうございます。この巻のウェディングなカバーも超絶最高でした。

コミカライズ担当の伊勢海老《いせえび》ボイル様、これからの漫画版をどうかよろしくお願いします。面倒なシーンをいっぱい書いてしまい申し訳ないです。

まだおまけの七巻は残っていますが、完結巻の最後にこれだけは述べさせて頂きます。

皆様、『陰キャだった俺の青春リベンジ　天使すぎるあの娘《こ》と歩むＲｅライフ』を愛して頂きありがとうございました。

陰《いん》キャだった俺《おれ》の青春《せいしゅん》リベンジ6
天使《てんし》すぎるあの娘《こ》と歩《あゆ》むReライフ

著　慶野由志《けいのゆうじ》

角川スニーカー文庫　24013

2024年3月1日　初版発行

発行者　山下直久

発　行　株式会社KADOKAWA
〒102-8177 東京都千代田区富士見2-13-3
電話　0570-002-301（ナビダイヤル）

印刷所　株式会社暁印刷
製本所　本間製本株式会社

Printed in Japan　ISBN 978-4-04-114589-0　C0193

★ご意見、ご感想をお送りください★
〒102-8177 東京都千代田区富士見 2-13-3
株式会社KADOKAWA　角川スニーカー文庫編集部気付
「慶野由志」先生
「たん旦」先生

角川文庫発刊に際して

角川源義

第二次世界大戦の敗北は、軍事力の敗北であった以上に、私たちの若い文化力の敗退であった。私たちの文化が戦争に対して如何に無力であり、単なるあだ花に過ぎなかったかを、私たちは身を以て体験し痛感した。西洋近代文化の摂取にとって、明治以後八十年の歳月は決して短かすぎたとは言えない。にもかかわらず、近代文化の伝統を確立し、自由な批判と柔軟な良識に富む文化層として自らを形成することに私たちは失敗して来た。そしてこれは、各層への文化の普及滲透を任務とする出版人の責任でもあった。

一九四五年以来、私たちは再び振出しに戻り、第一歩から踏み出すことを余儀なくされた。これは大きな不幸ではあるが、反面、これまでの混沌・未熟・歪曲の中にあった我が国の文化に秩序と確たる基礎を齎らすためには絶好の機会でもある。角川書店は、このような祖国の文化的危機にあたり、微力をも顧みず再建の礎石たるべき抱負と決意とをもって出発したが、ここに創立以来の念願を果すべく角川文庫を発刊する。これまで刊行されたあらゆる全集叢書文庫類の長所と短所とを検討し、古今東西の不朽の典籍を、良心的編集のもとに、廉価に、そして書架にふさわしい美本として、多くのひとびとに提供しようとする。しかし私たちは徒らに百科全書的な知識のジレッタントを作ることを目的とせず、あくまで祖国の文化に秩序と再建への道を示し、この文庫を角川書店の栄ある事業として、今後永久に継続発展せしめ、学芸と教養との殿堂として大成せんことを期したい。多くの読書子の愛情ある忠言と支持とによって、この希望と抱負とを完遂せしめられんことを願う。

一九四九年五月三日

転校先の
清楚可憐な美少女が、
昔男子と思って
一緒に遊んだ
幼馴染だった件
Hibariyu
雲雀湯
illust シソ
重版続々!!
元"男友達"な幼馴染と紡ぐ、
大人気青春ラブコメディ開幕!
作品特設サイト
公式Twitter
7年前、一番仲良しの男友達と、ずっと友達でいると約束した。高校生になって再会した親友は……まさかの学校一の清楚可憐な美少女!? なのに俺の前でだけ昔のノリだなんて……最高の「友達」ラブコメ!
スニーカー文庫

きみの紡ぐ物語で
世界を変えよう。
第30回
スニーカー大賞
作品募集中!
大賞 300万円
+コミカライズ確約
金賞 100万円 銀賞 50万円 特別賞 10万円
締切必達!
前期締切
2024年3月末日
後期締切
2024年9月末日
詳細は
ザスニWEBへ
https://kdq.jp/s-award
イラスト／カカオ・ランタン